블랙 웨딩드레스

서경희
장편소설

블랙
웨딩
드레스

문학정원

차례

내 남자친구의 결혼식

창밖의 서울은 잿빛이었다. 크리스마스를 앞둔 주말 오후 도로는 차들로 빼곡했다. 시청 부근부터 밀리기 시작한 차량 행렬은 소공동 근처에서 아예 멈춰 섰다. 은주는 조급한 마음에 창문을 톡톡 두드렸다. 차라리 걸어가는 게 빠르겠다는 생각이 들었다.

"기사님, 여기서 내릴게요."

조카 아인에게 털모자를 씌우고 목도리를 단단히 어며준 뒤 택시에서 내렸다. 순간, 칼바람이 뺨을 거칠게 후려쳤다. 눈물이 핑 돌았다. 한파경보가 내린 날씨에 흰 롱코트라니 어지간히 어울리지 않는 선택이었다. 코트 안에는 핑크색 머메이드 원피스를 입고 있어 더욱 춥게 느껴졌다.

전날까지만 해도 제법 따뜻했던 날씨가 하루 만에 영하로 곤두박질칠 줄 누가 알았을까. 전 남자친구의 결혼식에 참석하겠다며 한 달 치 월급에 맞먹는 돈을 쇼핑에 쏟아부었는데 춥다고 안 입을 수도 없는 노릇이었다. 마흔 살이 되도록 신부가 아닌 하객으로만 결혼식장을 드나들었다. 언제까지 이런 식으로 살아야 할까.

"이모, 추워."

아인이 은주의 품에서 새끼 고양이처럼 몸을 웅크렸다. 은주는 아인이 감기라도 걸릴까 봐 재빨리 걸음을 옮겼다. 오랜만에 신은 하이힐이 불편해 몇 번이나 넘어질 뻔했다.

예식장은 완벽했다. 화려한 조명 아래 펼쳐진 풍경은 장인이 정교하게 그린 한 폭의 그림 같았다. 천장부터 바닥까지 이어지는 비즈 장식은 한 줄의 오차도 없이 반짝였고 플로럴 아치에는 벨기에에서 공수했다는 튤립이 빼곡히 꽂혀 있었다.

　은주는 예식장 구석진 코너에 서서 그 완벽한 광경을 바라봤다. 지함은 턱시도를 차려입고 손님들을 맞이하느라 바빴다. 입가에서 미소가 떠나지 않았다. 그 환한 표정을 보니 가슴 한편이 서늘해졌다. 옥색 한복을 곱게 차려입은 그의 어머니는 은주에게는 한 번도 보여준 적 없는 환한 웃음을 터뜨리고 있었다.

　은주는 입술을 꽉 다물었다. 학벌과 집안 배경, 경제력을 이유로 지함의 집안에서 결혼을 반대했었다. 한마디로 은주는 환영받지 못하는 며느릿감이었다. 지함의 어머니가 원하는 며느릿감이 어떤 여자인지 오늘 확실하게 알게 되었다. 그들을 똑바로 바라볼 수 없었다. 감당할 수 없는 슬픔이 명치를 파고들어 치고 올라왔다. 은주는 쫓기듯 그곳을 벗어났다.

　신부 대기실에 갔다. 주희는 친구들에게 둘러싸여 앉아 있었다. 은주보다 일곱 살 많은 주희는 나이가 무색할 만큼 젊어 보였다. 수려한 이목구비, 맑은 피부에 관리가 잘된 몸매는 웨딩드레스를 입고도 군살 하나 보이지 않았다. 순백의 웨딩드레스, 그 빛나는 화이트가 주희에게 너무도 잘 어울렸다. 마치 태어날 때부터 그 드레스를 입기 위해 준비된 사람 같았다. 무엇보다 놀라운 것은 주희의 표정이었다. 한평생 사랑만 받고 살아온 사람처럼 사랑스럽고 당당했다. 구김살이라고는 눈 씻고 찾아봐도 없었다. 은주는 주희의 배를 가만히 봤다. 그 안에서 새 생명이 자라고 있었다. 그 사실을 알려준 것은 지함이었다. 주희는 지함이 속한 로펌의 대표였다. 지함에게 주희는 사랑의 대상이면서 동시에 성공의 사다리였다. 그들의 관계는 처음부터 계산 위에 세워진 모래성이었다.

　호텔 1층 로비는 난방을 세게 틀어둔 예식장보다 훨씬 숨 쉬기 편했다. 은주는 엘리베이터에서 내리고 나서야 깊게 숨을 들이켰다. 아인은 은주가 시킨 대로 조용히 테이블에 앉아 스마트폰으로 동영상을 보고 있었다. 다섯 살짜리 아이치고는 의젓했다. 양쪽 입술 끝에는 코코아 자국이 말라 있었다. 은주는 물티슈를 꺼내 아인의 입술을 닦아주었다.

　"이모."

아인이 은주의 품으로 파고들었다. 은주의 입꼬리가 작게 떨렸다. 자신의 복수를 위해 이 어린 조카를 이용하고 있었다. 은주는 아인의 머리를 쓸어 넘기며 미안하다는 말을 목구멍 깊숙이 삼켰다. 그때 임영미가 들어왔다. 뛰어온 듯 숨이 턱까지 차 있었다.

"언니, 나 안 늦었지?"

곧 예식 시간이었다. 약속 시간보다 10분 늦었지만 이 정도는 괜찮다.

"너 오는 거 보니까 살겠다."

영미는 아인 옆에 털썩 앉더니 재킷 안주머니에서 립스틱을 꺼내 허겁지겁 발랐다. 은주는 주머니에서 접힌 봉투 하나를 꺼내 영미 앞으로 밀어놓았다.

"2천."

"이런 큰돈을 내가 받아도 되는 거야? 이거 언니 결혼자금이잖아."

"다른 건 걱정하지 말고, 내가 부탁한 대로만 해줘."

영미는 입술을 굳게 다물었다. 은주는 영미의 형편을 잘 알고 있었다. 철없던 대학생 때 복학생 선배와 불같이 사랑해서 임신하고 결혼했다. 세상에서 제일

멋진 줄 알았던 그 남자는 결혼하고 보니 가부장제에 찌든 한량이었다. 노동해서 돈을 벌 생각은 않고 투자를 가장한 투기나 일삼으며 빚만 져댔다. 생계는 온전히 영미 몫이었다. 참다못해 딸아이가 세 살 되던 해에 이혼했다. 그 후로 보험 판매, 마트 캐셔, 식당 서빙까지 안 해본 일이 없었지만 최저시급만으로는 희망이 보이지 않았다. 틈틈이 미용 일을 배워서 국비 지원으로 자격증을 땄지만 형편은 크게 나아지지 않았다. 영미는 입버릇처럼 말했다. '돈 벌려면 내 가게를 해야 해. 딱 2천만 원만 있으면 나머지는 대출로 어떻게든 해볼 텐데, 2천만 원은커녕 200만 원도 없어. 언니, 어디 2천만 원 나올 구멍 없을까?' 이런 말을 자주 들어왔던 터라 은주는 영미에게 그 부탁을 할 수 있었다.

영미는 봉투를 가방에 넣고 민망한 듯 손등으로 콧등을 훔쳤다.

"언니, 나만 믿어. 진짜 멋지게 옆고 올게."

아인이 코코아를 한입 크게 마시다가 두 사람의 어두운 분위기를 감지하고 동그란 눈을 깜빡였다. 영미가 아인이를 번쩍 안아 올렸다.

"아인아, 오늘 중요한 역할 맡은 거 알지?"

아인이 수줍게 고개를 끄덕였다.

"연습 많이 했어요."

"기특해."

은주는 아인의 눈을 보지 못하고 고개를 돌렸다. 눈을 마주치면 울 것 같았다. 오늘 일로 아인이 상처받을지도 모른다. 하지만 지금 은주에게는 조카의 감정을 살피는 것조차 사치였다. 복수라는 감정이 모든 것을 집어삼켰다.

"가."

은주가 말했다.

"너 아니면 이 결혼 못 막아."

영미는 아인을 데리고 엘리베이터에 올랐다. 아인이 마시던 코코아는 이미 식어버렸다. 은주는 자리에 남아 차가운 아메리카노를 한 모금 마셨다. 커피가 식도를 따라 내려갔다. 그제야 깨달았다. 지금 자신이 하는 모든 일은 복수가 아니라 체념이었다.

아버지는 병치레가 잦았다. B형간염 보균자였고 선천적으로 몸이 약했다. 여섯 달을 일하면 그 두 배의 시간을 쉬어야 했다. 위암 판정을 받은 뒤로는 일손을 완전히 놓았다. 병은 온몸을 돌며 아버지를 괴롭혔다. 그리고 결국 혼자 계시던 날 뇌출혈로 쓰러졌다. 처치가 늦어지면서 예후가 나빠졌다.

아버지는 의식불명 상태였다. 의사가 마음의 준비를 하라고 했다. 처음엔 금방 돌아가실 것 같았지만 아버지는 잘 버텼다. 병원에서 마음의 준비를 하라며 가족을 불러 모으는 일이 몇 번 반복되었다. 그때마다 아버지는 고비를 무사히 넘겼다. 더는 병원에서 오는 전화를 받고 놀라거나 허둥대지 않았다. 어떤 날은 위독하다는 연락을 받고도 할 일을 다 하고 병원에 간 적도 있었다.

아버지는 꽤 오랫동안 병원에 계셨다. 아무리 맡아도 입원실 특유의 소독약 냄새는 익숙해지지 않았다. 간호사들은 무표정했고 자주 만났지만 절대 먼저 인사하지 않았다. 희망과 절망이 교차했다가 나중에는 아무 감정도 들지 않았다.

그런 밤들 중 하나였다. 은주는 병원 복도 의자에 앉아서 공책에 뭔가를 끄적거렸다. 아버지에 대한 기억, 가족에 대한 생각, 자신의 솔직한 감정들을 글로 풀어냈다. 쓰지 않고는 견딜 수 없었다. 언젠가 나도 제대로 된 글을 써보고 싶다. 그런 생각이 불현듯 들었다. 하지만 현실이라는 벽 앞에서 그날의 다짐은 지워져버렸다.

아버지는 여전히 산소호흡기에 의지해서 생명을 이어나가고 있었다. 손가락을 꿈틀대는 반응을 보고 희망을 품는 일도 더는 없었다. 그렇게 한 계절쯤 지났을까. 병원 침대 위에서 아버지는 아주 조용히 예고 없이 세상을 떠났다. 아버지의 마지막을 지킨 가족은 없었다.

병원 생활이 길었던 터라 슬프지 않을 줄 알았다. 임종을 확인하고 니시야 무너졌다. 의식은 없었지만 따뜻했던 아버지는 돌아가시자마자 싸늘하게 식어갔다. 은주는 마지막 인사를 하며 아버지의 뺨에 자기 뺨을 가져다 댔다. 섬뜩하게 차가운 감각이 전신을 휘감았다. 삶과 죽음을 가르는 것은 따뜻함과 차가움이

다. 사람들이 왜 그토록 따뜻한 것에 집착하는지 알 것 같았다.

장례식장에 동료들이 우르르 몰려왔다 갔다. 친구들도 하루 머물고 돌아갔다. 문상객은 둘째 날 오후부터 끊겼고 밤에는 텅 빈 조문실에 향냄새만 맴돌았다. 은주는 지함에게 여러 차례 부고 문자를 보냈다. 전화도 두어 번 남겼다. 하지만 그에게서 연락은 없었다. 이튿날 로펌에 전화를 거니 휴가 중이라는 말이 들려왔다. 그날 밤 지함에게 전화가 왔다. 통화는 길지 않았다. 그의 목소리는 낮고 무덤덤했다.

"대표님이 아이를 가지셨어. 책임져야 할 것 같아."

그 말만 남기고 그는 전화를 끊었다. 변호사가 되더니 사람도 말투도 감정도 다 바뀐 것 같았다. 결혼을 약속했던 그가 변했다는 사실이 처음에는 이해되지 않았다.

잠이 오지 않았다. 자신이 얼마나 오래 기다려주는 여자였는지 밤새워 생각했다. 기다리다 마흔이 되었고 결국 아무것도 얻지 못했다. 은주에게 남은 것은 2천만 원뿐이었다. 어려운 환경에서 결혼을 꿈꾸며

억척스럽게 모은 전 재산을 영미에게 건넸다. 결혼식을 엎기 위해서였다. 결혼식이 망가져도 나쁜 기억과 더러운 감정은 사라지지 않으리라는 것을 잘 알았다. 그럼에도 불구하고 이렇게라도 하지 않으면 살 수 없었기에 그녀는 이런 위악을 부릴 수밖에 없었다.

은주는 복도를 서성였다. 아무리 기다려도 예식장 안은 조용했다. 이상하리만큼 고요했다. 누군가 뛰쳐나오고 직원들이 소란을 피우고 하다못해 음악이라도 멈춰야 할 텐데 아무런 일도 일어나지 않았다. 오히려 간간이 웃음소리가 들렸다. 결국 참지 못하고 예식장 안으로 들어갔다. 심장이 한순간 멈춘 것처럼 쿵 내려앉았다. 예식은 이미 끝났다. 하객들이 모여 기념 촬영을 하고 있었다. 지함은 주희의 허리를 부드럽게 감싸안은 채 플래시 세례를 받고 있었다. 그들은 세상 어떤 신혼부부보다 행복해 보였다. 너무도 잘 어울리는 한 쌍이었다. 그들이 사는 세계와 자신이 사는 세계는 달랐다. 지함이 선택한 것은 사랑이 아니라 더 나은 미래였고, 그 선택에서 은주는 애초에 고려 대상이 아니었다.

영미와 아인이 떠올랐다. '어디에 있는 거지?' 은주는 복도를 돌아 뷔페로 갔다. 그곳 구석에서 낯익은 두 사람의 뒷모습이 보였다. 은주는 천천히 다가갔다. 영미는 접시 위에 소갈비를 잔뜩 올려놓았고 아인은 수프를 떠먹고 있었다. 마치 아무 일도 없었다는 듯 둘 다 평화로웠다.

"너 지금 뭐 하는 거야?"

은주의 목소리는 스스로 놀랄 만큼 낮고 가라앉아 있었다. 영미가 흠칫 놀라며 돌아봤다. 입가에는 갈색 소스가 묻어 있었다.

"언니."

한 박자 늦게 영미가 말을 이었다.

"미안해. 나도 사람인데, 차마 이런 짓까지는 못 하겠더라."

"뭐?"

영미는 의자를 밀고 일어나더니 가방에서 봉투를 꺼내 테이블 위에 내려놓았다.

"이거 다시 가져가. 진짜 미안해."

은주는 기가 차서 한참을 입을 열지 못했다.

"여긴 어떻게 들어왔어?"

힘겹게 뱉은 말이었다.

"언니 이름으로 5만 원 부조하고 식권 받았지. 호텔 뷔페잖아. 내가 언제 호텔 뷔페를 먹어보겠어."

영미는 작게 웃으며 말했다. 그 웃음에는 미안함과 체념이 섞여 있었다.

"나 간다. 아인이 잘 부탁해. 진짜 미안해 언니."

영미는 뒤도 돌아보지 않고 떠났다. 그 자리에 은주와 아인만 남았다. 은주는 맥이 풀려 의자에 주저앉았다. 그제야 자신이 오늘 무슨 일을 하려 했는지 또렷이 떠올랐다. 기가 찼다. 영미가 더 현명했다. 사람이 어떻게 이토록 추악한 생각을 할 수 있었을까.

"이모, 울어?"

아인이 은주의 뺨을 손바닥으로 닦아주었다.

"울지 미. 이인이기 있잖아."

그 말에 은주는 숨이 막히는 것 같았다. 그 조그만 손이 세상에서 가장 부드러운 손처럼 느껴졌다.

그때 뷔페 홀 입구 쪽이 소란스러워졌다. 지함과 주희가 등장한 것이다. 주희는 테이블 사이를 우아하게 지나며 인사를 건넸고 지함은 그 곁을 그림자처럼 따라붙었다. 그들이 뷔페 테이블을 돌다 은주 쪽으로 다가왔다. 지함이 그녀를 발견한 건 불과 몇 걸음 전이었다. 멈칫하며 눈이 마주쳤다. 그의 얼굴이 순간 일그러졌다. 하지만 곧 아무 일 없다는 듯 고개를 돌렸다.

"누구세요? 혹시 지함 씨 지인이세요?"

지함은 대답하지 않았다. 바로 그때였다. 아인이 작은 목소리로 말했다.

"이모부, 아니 아빠."

주희가 당황하며 지함을 바라봤다. 지함은 어깨를 으쓱했다. 그는 아무 말도 하지 않은 채 주희의 팔을 붙들고 자리를 빠르게 떠났다. 주희가 뒤를 돌아보았다. 은주와 눈이 마주쳤다. 잠시 아무 말도 없었다. 그러다 주희는 고개를 돌렸다. 그리고 지함의 뒤를 따라갔다.

"이모, 이모부가 아인이 보고 그냥 갔어. 내가 안 보이나 봐."

지함은 아인을 친조카 이상으로 귀여워했었다. 결혼하면 친자로 입양하자는 소리까지 해놓고 저리 냉정하게 외면하다니, 마음이 너무 아팠다. 은주는 망연 자실 앉아 있었다.

'난 이제 어디로 가지?'

시장에서 엄마 손을 놓친 여섯 살 아이가 된 기분이 었다.

아인은 저녁 8시가 되기 무섭게 잠자리에 들었다. 예식장을 다녀온 것이 아이에게는 생각보다 큰 피로 였던 모양이다. 낯선 사람들과 번쩍이는 조명, 무엇보 다 아빠처럼 믿고 따랐던 지함이 자기를 보고도 모르 는 척 지나간 것이 못내 상처가 된 듯했다. 잠은 마음 의 상처를 치료하기도 하니까, 내일 아침 아인이 깨어 났을 때 마음이 깨끗하게 나았으면 좋겠다.

거실에는 은주와 엄마 심미봉이 나란히 앉아 있었 다. 은주는 책을 펼쳐 들고 있었지만 집중하지 못했 다. 같은 페이지를 몇 번이나 넘겼다 다시 펼쳤다. 마 음이 어수선했다. 미봉은 태블릿을 무릎 위에 올린 채 유튜브를 보고 있었다. 영상 제목은 '여든 먹은 사람 도 심쿵하게 만드는 대화법'이었다.

미봉은 올해 일흔둘이었다. 짧은 파마머리에 쥐 잡아먹은 듯 입술을 새빨갛게 바르고 다녔다. 아무래도 늙어서 볼품없어진 외모 때문에 화장에 더 집착하는 것 같았다. 남편이 젊어서 쓰러지자 집안의 가장이 되었다. 보험 영업을 하며 평생 가족을 먹여 살렸다. 죽어라 일해도 통장은 늘 가벼웠다. 이제는 실적도 시원찮았다. 젊은 사람들은 비용을 절약하려 다이렉트 보험을 들었고 미봉의 고객은 고령자만 남았다. 얼마 남지 않은 고객들도 하나둘 세상을 떠났다. 앞으로 남은 인생을 뭘 먹고살지 걱정이 태산인 것처럼 보였다.

술을 마신 날이면 미봉은 생때같은 아들과 며느리를 비명횡사로 잃고, 딸년이라고 하나 있는 것도 마흔을 먹도록 결혼도 못 했다고 신세 한탄을 했다. 그런 날이면 은주를 밤새도록 잡아 앉혀놓고 했던 말을 또 하고 또 했다.

"서방 복 없는 년은 자식 복도 없다는 옛말, 하나도 안 틀려."

미봉은 취해서 부끄러운 줄도 모르고 속마음을 있는 대로 다 말했다. 옆 동에 사는 최 영감이 자꾸 눈에 밟힌다는 것이다. 듣기론 사별한 아내가 보험금도 제법 남겼고 군인 퇴역에 연금까지 받는 사람이었다. 그런 남자 하나 붙잡으면 노후가 달라진다고 미봉은 입버릇처럼 말했다.

은주가 몸살 기운이 있어서 일찍 퇴근한 날이었다. 미봉이 안방에서 큰이모하고 통화하는 것을 의도치 않게 듣게 되었다. 미봉은 변호사 사위 얻는 줄 알았는데 죽 쒀서 개를 줬다며, 분하고 억울해서 못 살겠다며 울음을 터뜨렸다. '언니, 은주 걔가 나이 마흔 넘어서 어디 가서 지함이 보다 좋은 남자를 만나. 변호사가 흔한 줄 알아.' 미봉은 무엇보다 나이 많은 여자에게 뺏긴 것을 못내 분해했다. 젊은것에게 뺏겼으면 이렇게 억울하지는 않았을 것이라고 소리쳤다.

유튜브를 한창 시청 중인 미봉에게 은주가 말했다.

"엄마, 소리 좀 줄여. 책 읽잖아."

은주는 고개도 들지 않았다. 미봉은 태블릿에서 눈을 떼고 은주를 노려봤다.

"너는 그렇게 조용하게 살다가 혼자 늙어 죽어라. 맹추처럼 좋은 남편감도 놓친 주제에."

"갑자기 왜 그래?"

미봉은 갑자기 거칠게 숨을 들이쉬더니 쏟아내듯 말했다.

"지함이 핸드폰 번호나 줘. 걔는 뭐가 무서워서 번호까지 바꾼다니."

은주는 책을 덮었다.

"왜? 전화라도 하게?"

"네가 뭐가 모자라서 남자한테 차여. 내가 부끄러워서 못 살아."

은주가 비웃듯 말했다.

"그래서 엄마는 맨날 연금 나오는 홀아비 쫓아다녀? 아빠 돌아가신 지 얼마나 됐다고. 창피한 줄 알아."

미봉이 두 손을 부르르 떨었다.

"네 아빠만 안 만났어도 내 인생이 이렇게 쪼그라들지는 않았을 거야. 그때 허우대 멀쩡한 네 아빠가 아니라 청과물 장사하던 박 사장하고 결혼했어야 했어."

미봉은 픽 하고 웃었다.

"돈도 못 벌고 결국은 병들어 죽을 거면 결혼을 왜

했을까. 웬수 같은 인간."

은주가 벌떡 일어났다. 미봉은 악을 썼다.

"나도 할 만큼 했어. 그럼 이제라도 좋은 남자 만나서 연애하면 안 되니?"

은주의 얼굴이 하얗게 질렸다. 손등 위로 혈관이 도드라져 올라왔다. 이미 죽은 사람을 그렇게까지 욕할 필요는 없었다. 그러면서도 미봉의 입장도 이해가 되었다.

"엄마도 연애할 자유는 있지. 하지만 아빠에 대해서는 그렇게 말하지 마."

미봉의 얼굴이 일그러졌다.

"너도 능력 없는 남자 만나서 한번 살아봐."

그러더니 은주의 핸드폰 쪽으로 손을 뻗었다.

"지함이 번호 줘. 당장."

몸싸움이 일어났다. 미봉이 은주의 핸드폰을 낚아채려는 순간 두 여자의 손이 뒤엉켰다. 몸이 밀리고 테이블이 흔들렸다. 탁 소리를 내며 핸드폰이 테이블 모서리에 부딪혔다. 액정이 깨져서 화면 위로 금이 쫙 퍼졌다. 은주는 멍한 얼굴로 깨진 액정을 내려다봤다.

미봉은 몹시 놀란 표정이었지만 은주에게 미안하다
는 말은 하지 않았다. 은주는 아무 말도 없이 낮에 입
었던 겉옷을 소파에서 집어 들었다.

"어디 가? 이 밤중에?"

은주는 신발장에서 하이힐을 꺼내 신으며 말했다.

"바람 좀 쐬고 올게."

미봉이 미처 잡을 새도 없이 현관문이 쾅 닫혔다. 밖
으로 나온 은주는 차가운 밤공기를 깊게 들이마셨다.
깨진 핸드폰을 주머니에 넣고 천천히 걷기 시작했다.
뚜렷한 목적지는 없었다. 그저 걷고 싶었다. 문득 떠
오르는 말이 있었다.

"은주 씨는 정말 가족들한테 최선을 다했어요. 하기
싫으면 안 해도 괜찮아요. 아무도 은주 씨를 비난할 자
격 없어요."

여행지에서 우연히 만난 사람이 해준 말이었다. 그
말은 은주의 마음을 오래도록 따뜻하게 해주었다. 또
다시 위로가 듣고 싶었다. 그래서 예약 없이 미용실을
가듯 즉흥적으로 부산행을 결정했다.

택시에서 내려 어두컴컴한 하늘을 올려다봤다. 박
꽃을 닮은 굵은 눈송이가 소리 없이 내리고 있었다.
막 거리에 쌓이기 시작한 눈을 밟으며 서울역을 향해
걸었다. 눈을 맞으며 계단을 올라 대합실에 들어섰을
때 돌연 눈물이 쏟아졌다. 화장실로 달려가 문을 잠그
고 좌변기에 앉아 울었다. 입을 틀어막아도 울음소리
는 새어 나갔다.

"괜찮아요? 도움 필요하면 말해요."

화장실 문밖 낯선 여자의 관심이 위안이 되었다. 겨
우 울음을 그치고 화장실을 나왔다.

대합실은 분주했다. 많은 사람이 떠나거나 돌아왔
다. 부산행 열차는 매진이었다. 입석도 없었다. 액정이
부서진 핸드폰 화면은 글씨가 죄다 조각난 채로 보였
다. 액정을 갈려면 또 돈이 나간다. 속에서 화가 치밀었
다. 돈을 쓸 때마다 화가 치밀었다. 심지어 아인에게 선
물을 사줄 때도 그랬다. 너무 오래 아끼며 살아왔다. 매
일 도시락을 싸고 쿠폰을 모으고 가계부를 적으며 살았
다. 그렇게 악착같이 2천만 원을 모았지만, 이제 정말이
지 지긋지긋했다. 돈에 연연하지 않고 부산까지 편하게

가고 싶다는 생각이 불현듯 들었다. 서울역에서 나와 다시 택시를 잡았다. 은주는 뒷자리에 앉으며 말했다.

"해운대로 가주세요."

기사가 백미러로 그녀를 힐끗 봤다.

"부산 해운대요? 지금이요?"

"네. 지금이요."

잠시 정적 끝에 기사가 웃음을 삼켰다.

"제가 운이 좋네요."

은주는 말없이 고개를 돌려 창밖을 바라봤다. 눈발은 점점 굵어졌고 거리의 풍경은 서서히 하얘졌다. 백미러 너머로 기사의 시선이 느껴졌다. 하지만 그는 아무 말도 하지 않았다. 그녀의 눈가는 벌겋게 부어 있었고 아랫입술도 살짝 부어올라 있었으니 괜한 말을 삼가는 듯했다. 은주는 시선을 떨구고 입술을 다문 채 가만히 있었다. 택시는 묵묵히 겨울빛 도로 위를 미끄러지듯 달렸다.

은주는 머리를 창에 기댔다. 편두통이 심했다. 속도 울렁거렸다. 그제야 종일 아무것도 먹지 못한 걸 깨달았다. 팔에서 힘이 빠져나갔다. 코트 주머니에 손을 넣었다. 봉투가 만져졌다. 낮에 예식장에서 영미에게 줬던 2천만 원이 든 봉투였다. 결혼식에 갈 때 입었던 코트를 그대로 걸치고 나온 걸 그제야 알았다. 미봉과 다투고 화가 나서 보이는 대로 집어 들고 나온 게 이 코트였다. 은주는 봉투를 만지작거렸다. 종이가 바스락대는 소리가 미세하게 들렸다.

갑자기 피로감이 몰려왔다. 몸이 지칠수록 정신은 또렷해졌다. 잊고 싶은 기억이 자꾸만 떠올라 심란했다. 가슴이 미친 듯이 날뛰었다. 심장이 억울하다며 비명을 질러댔다. '참지 말고 복수해야 할 거 아니야. 그냥 묻어버리기에는 상처가 너무 크잖아. 다시는 행복해지지 못할 거야.' 은주 내면의 또 다른 자아가 아우성치며 그녀를 후볐다. 복잡하고 아픈 마음, 배신감, 절망 그리고 알 수 없는 해방감까지 이 모든 것을 정확한 언어로 표현해낼 수 있다면 아픔이 조금은 치유되지 않을까.

백미러에 얼굴을 힐끔 비춰봤다. 볼살이 빠져 예전만 못하지만 아직은 괜찮다. 지함의 여자를 직접 본 것은 오늘이 처음이었다. 주희는 실물이 사진만 못했다. 로펌 홈페이지에서 본 사진은 포토샵을 과하게 해서 20대처럼 보였다. 실물을 보니 사진처럼 젊어 보이지는 않았지만 성숙한 아름다움이 있었다. 성형이며 관리를 엄청나게 했으리라 생각하며 위로를 삼아보려 했지만 소용없었다. 성형하고 관리한다고 해도 주희만큼 예뻐질 것 같지 않았다. 주희는 은주보다 일곱 살이 많았다. 그렇다면 주희의 나이는 마흔일곱이었다. 도대체 어떻게 그 나이에 자연임신이 됐는지 모르겠다. 그녀의 태아는 아마 오래되지 않아 자궁 안에서 죽어버릴 것이다. 주희는 엄마가 되기에 나이가 너무 많았다.

지함이 집으로 찾아왔었다. 아버지가 돌아가시고 첫 만남이었다. 아파트 놀이터에서 기다린다는 전화를 받자마자 뛰어 내려갔다. 지함은 미끄럼틀 옆에서 담배를 피우고 있었다. 은주는 지함을 뒤에서 힘껏 안았다. 넓은 등에 얼굴을 묻었다. 섬유유연제와 체취가 뒤섞인 향이 코를 자극했다. 은주가 좋아하는 냄새였다. 지함은 전에 없이 강하게 은주를 떼어냈다. 은주는 의아해서 그를 올려다봤다. 지함의 눈은 이미 풀려

있었다. 담배 연기를 내뿜을 때마다 지독한 술 냄새가
풍겼다.

지함은 망설이다 말했다. 로펌에서 같이 일하는 변
호사가 아이를 가졌는데 책임져야 한다는 내용이었
다. 이 얘기는 이미 전화로 했다. 아버지가 돌아가시
고 장례식장에 앉아 울고 있을 때 모질게 말했었다.
사과하러 온 줄 알았던 은주는 화가 치밀었다.

"그래서?"

은주가 맑은 눈동자로 그를 올려다봤다. 지함이 작
게 욕설을 뱉었다. 7년을 만났지만 그가 욕하는 걸 들
은 건 그때가 처음이었다. 혼잣말이었지만 충격이 상
당했다.

"아주 말려 죽이려고 이러는 거지. 진작 나한테 다
른 여자 있는 거 알았잖아."

"몰랐이."

"거짓말."

은주는 반복해서 몰랐다고 항변했다.

"그만하자. 넌더리 난다."

지함은 그 말을 남기고 떠났다. 그에게 여자가 있는

것을 알았다. 잠시 그러다 말 줄 알았다. 어차피 결혼할 사이였기에 따지고 집착하며 그를 질리게 하고 싶지 않았다. 그게 은주의 사랑의 방식이었지만 이런 배신을 당할 줄은 몰랐다. 지함이 바람을 피웠다는 사실보다 그와 결혼할 수 없게 된 것이 은주에겐 더 큰 상처였고 그래서 절대 용서할 수 없었다.

집안이 어려워 전액 장학금을 받고 지방 국립대에 입학했다. 취직하는 데 학교가 두고두고 발목 잡을 줄 알았다면 그런 선택은 안 했을 것이다. 물류센터 아르바이트를 하며 6년을 취준생으로 살았다. 서른이 되어 취업을 포기하고 카페 아르바이트를 시작했다. 목표는 프랜차이즈 카페 매니저였다. 돈이 모이면 골목에 작은 카페를 차려도 좋을 것이다. 그런 꿈을 꾸었다. 아버지가 쓰러지기 전의 일이었다. 병원비로 통장 잔고가 다 말라버리면서 그 꿈은 사치가 되었다.

지함은 그 카페의 단골손님이었다. 그는 주말마다 아이스아메리카노와 샌드위치를 시키고 책을 읽다 갔다. 손님과 종업원으로 시작된 인연은 자연스럽게 연인으로 발전했다. 그의 따뜻한 눈빛은 차가운 현실에 지쳐 있던 그녀에게 위로가 되었다. 그는 막연한 꿈이 아니라 손에 잡히는 미래였다.

지함에게 배터리 관리 시스템 개발 스타트업 대표인 선배를 소개받은 덕분에 은주는 비서로 취직할 수 있었다. 몇 년 사이 회사는 크게 성장했고 연봉도 많이 올랐다. 며칠 전에 다니던 회사에 사표를 냈다. 사표를 받아 든 대표는 한참을 침묵했다.

"우리 회사 조만간 코스닥 상장하게 되면 지금보다 대우가 더 좋아질 거예요. 지함이 때문이면 회사 그만두지 마요."

어리석은 질문인 것을 알면서 은주는 자신이 회사에 꼭 필요한 사람이냐고 물었다. 대표는 한숨을 쉬며 솔직한 이야기를 털어놓았다.

"지함이 부탁 아니었으면 은주 씨를 비서로 안 뽑았을 거예요. 하지만 지금은 달라요. 은주 씨 비서로서 능력 있어요. 회사에 남아주세요."

의도치 않게 취업에 얽힌 비하인드 스토리가 드러났다. 막연하게 그럴지도 모른다고 생각했는데 역시였다. 끝까지 솔직하지 않았더라면 좋았을 뻔했다. 대표의 솔직함 때문에 회사에 남을 수 없었다.

택시는 빠른 속도로 고속도로를 달려 한적한 휴게소에 들렀다. 화장실에 갔다가 따뜻한 유자차를 샀다. 은주는 휴게소 한쪽 벤치에 앉아 유자차를 마시고 있었다. 그때 한 남자가 다가왔다. 캐주얼한 점퍼 차림에 말끔한 인상이었지만 어딘지 어두운 기운이 느껴지는 남자였다.

"저기요, 잠시만요. 너무 제 스타일이셔서. 혹시 번호 좀 알 수 있을까요."

은주는 유자차 컵을 놓치지 않으려 꼭 잡고 남자를 바라봤다.

"죄송해요. 남자친구 있어요."

남자는 잠시 머쓱하게 서 있다가 뒤돌아섰다. 번호를 물어오는 남자의 행동에 은주는 아직 자신이 괜찮은 여자임을 확인한 것 같아 내심 안도했다. 하지만 돌아서던 남자가 확 돌아보며 은주에게 말했다.

"아줌마, 그 나이에 번호 따였다고 좋아했냐? 딱 봐도 남자친구 없게 생겼는데, 어디서 구라를 까."

은주는 그 자리에 그대로 얼어붙었다. 유자차 컵이

손에서 미끄러질 뻔했다. 손이 덜덜 떨렸다. 더는 아무 생각도 나지 않았다. '아줌마'라는 말이 계속 머릿속을 맴돌았다. 저 말을 들을 만큼 나이가 많아졌다는 생각에 절망감이 은주의 어깨 위로 눈처럼 내려앉았다.

해운대에 도착한 은주는 50만 원이 훌쩍 넘은 택시비를 보며 어딘가 속은 듯한 기분을 지울 수 없었다. 그녀는 늘 속는 것을 경계하며 살았다. 명품을 사지 않는 것도 짝퉁을 살지 모른다는 불안 때문이었고 한우 대신 호주산 소고기를 사는 것도 마찬가지였다. 타인의 호의를 있는 그대로 받아들이지 못하고 항상 이렇게 생각했다. '뭔가 원하는 게 있어서 잘해주는 걸거야.' 타인과 거리를 두다 보니 그녀는 언제나 외톨이였다.

"손님, 택시비 많이 나온 거 아니에요. 미터기 켜고 왔잖아요. 정 못 믿겠으면 카카오택시 켜고 확인해봐요."

기사의 말에 민망해서 서둘러 체크카드를 내밀었다. 체크카드가 긁히지 않았다. 잔액 부족이었다. 결혼식에 참석할 준비를 하느라 지출이 과했다. 옷에 가방에, 숍에서 메이크업까지 받았다. 정작 일곱 살이나 많은 여자보다 늙어 보여서 처참했지만 말이다. 비상용으로 들고 다니는 신용카드를 기사에게 내밀었다. 큰돈이 결제되면서 마음은 더 가라앉았다.

눈은 완전히 그쳤다. 눈이 잘 오지 않는 부산 해운대 백사장에는 제법 눈이 쌓여 있었다. 아무도 지나가지 않은 순백의 백사장에 발을 들였다. 마치 미지의 땅을 탐험하는 듯한 긴장감이 느껴졌다. 눈을 밟는 감촉이 좋았다. 한참을 가다 뒤돌아봤다. 발자국 두 개가 규칙적으로 찍혀 있었다. 발자국만 봐도 혼자라는 걸 알 수 있었다. 뒷걸음질로 발자국을 내며 왔던 길을 되짚어갔다. 이제 사람들은 발자국만 보고 다정한 연인이 다녀갔다고 생각할 것이다. 그런 상상이 은주의 얼어붙은 심장을 녹였다.

그 사람

4년 전 겨울은 유난히 따뜻했다. 은주는 바다를 처음 본 사람처럼 해운대 백사장을 하염없이 걸었다. 하얗게 부서지는 파도 소리에 마음이 맑게 씻기는 것 같았다. 1박 2일의 짧은 여행 일정이었다. 그동안 힘겹게 버텨온 그녀에게 주어진 온전한 휴식이었다.

만취한 운전자가 신호 위반으로 중앙선을 넘어 오빠의 차를 들이받았다. 오빠와 새언니는 그 자리에서 목숨을 잃었다. 차는 폐차장으로 바로 갈 만큼 형편없이 부서졌다. 사고 당시 아인은 생후 석 달도 되지 않은 아기였다. 유일하게 생존할 수 있었던 이유는 새언니가 아인을 품에 꼭 안고 있었기 때문이었다. 온몸으로 충격을 막아낸 새언니는 그 자리에서 숨을 거뒀지만 아인은 상처 하나 없었다. 병원에서 처음 아인을 마주했을 때 은주는 울지도 못한 채 멍하니 아기의 얼굴만 들여다봤다. 새언니가 마지막까지 어떤 마음으로 아인을 안고 있었을지를 생각하면 지금도 눈물이 날 것 같았다. 미봉은 땅을 치며 목 놓아 울었다. 그러곤 아인을 안고 말했다.

"천지신명님, 이 아이를 살려주셔서 감사합니다."

아인은 모녀에게 절망 속에 스며든 한 줄기 희망이었다. 아버지의 병환과 갑작스레 떠맡게 된 조카의 양육까지 은주의 삶은 무거웠다. 경제적인 것이 가장 힘들었다. 미봉이 도와주긴 했지만 금액은 턱없이 적었다. 매달 나가는 카드값과 병원비 등의 고정 지출이 항상 그녀를 옥죄었다. 립스틱 하나 사는 것조차 사치로 여겨졌다. 그런 삶 속에서 결혼은 탈출구처럼 느껴졌다.

지함은 원래 고등학교 국어 교사였다. 학생들과 관계도 좋았고 수업에 열정적이었으며 직업에 자부심을 느끼고 있었다. 은주는 결혼을 원했지만 지함은 상의 한마디 없이 교사를 그만두고 로스쿨에 진학했다. 교단이 아닌 법정에서 사람을 돕는 일을 하고 싶다며 새로운 꿈을 이야기하는 그가 낯설었다. 지함이 가정 형편 때문에 법대 진학을 포기했다는 사실은 알고 있었다. 그렇긴 했지만 배신감이 컸던 것도 사실이었다. 은주는 서른 중반을 훌쩍 넘긴 나이였다. 지함은 은주와 미래 태어날 아이에게 좋은 환경을 만들어주고 싶다며 자신의 결정을 응원해주길 원했다. 처음엔 화가 났지만 지함의 말도 일견 맞았다. 변호사 남편이라는 타이틀과 그에 따르는 경제적 안정이 달콤하게 다가왔다. 은주는 그와 함께하는 풍족한 미래를 그렸다. 그와 결혼하면 적어도 돈 걱정 없이 살 수 있을 거라는 염원을 품었다. 조건 없는 사랑도 좋지만 이제는 사랑 말고도 필요한 게 너무 많았다. 사랑 하나로 버티기엔 삶이 너무 팍팍했다. 미봉의 삶을 보면 더 그랬다. 지함이 마음을 추스르고 오라며 여행을 권했다. 그렇게 은주는 결혼 대신 짧은 여행을 떠난 것이다.

그날 은주는 검은색 울코트 안에 연청색 니트와 플

리츠스커트를 입고 있었다. 발에는 익숙지 않은 하이힐을 신었다. 여행하는 복장이라기보다는 데이트하는 복장에 더 어울렸다. 늘 이런 옷을 입고 싶었다. 일상에서 멀어질수록 여유와 부티가 생긴다는 말을 어디선가 들은 적이 있었다. 여행은 바쁘게 사는 은주에게 얼마 없는 사치였다. 그래서 여행길에서만큼은 현실에서 절대 입지 않을 것들로 치장했다.

은주는 부산에 오기 전부터 예쁜 라이브카페로 유명한 '푸른 밤바다'에 꼭 가보고 싶었다. 여행 첫날 그녀는 망설임 없이 그곳으로 향했다. 어렵게 찾은 라이브카페에 들어가다가 돌출된 문턱에 하이힐 굽이 걸렸다. 순간 힐이 툭 꺾이며 균형을 잃었다. 몸이 앞으로 고꾸라졌다. 누군가의 팔이 그녀를 재빨리 감싸안았다. 숨이 막힐 만큼 가까운 거리였다. 심장이 뛰는 소리가 그대로 전해져왔다. 은주가 고개를 들자, 그와 눈이 마주쳤다. 이마 위로 자연스레 흘러내린 머리칼 아래로 맑고 깊은 눈매, 곧은 코끝과 부드러운 입술 선이 이어졌다. 짙은 속눈썹 아래 반짝이는 황갈색 눈동자가 은주를 천천히 훑더니, 한순간 맹렬한 열정을 뿜어냈다가 이내 차갑게 식었다. 예측 불가능한 눈이었다. 나중에 알게 된 그의 이름은 강고결이었다.

"괜찮으세요? 발은 안 다치셨어요?"

목소리는 낮고 부드러웠다. 피아노 저음처럼 깊고 울림이 있었다. 은주는 민망해하며 고결의 품에서 몸을 떼어냈다. 그리고 괜찮다는 의미로 고개를 끄덕였다. 힐의 뒤축이 완전히 부러져 있었다. 발목을 삐끗해서 통증이 있었을 테지만 아픈 줄도 몰랐다. 창피함과 고마움이 뒤섞여 얼굴이 달아올랐다. 그런데 아까부터 심장은 왜 자꾸만 뛰는지 모를 일이었다. 은주는 가슴을 쓸어내리며 말했다.

"괜찮아요. 감사합니다."

고결은 잠시 그녀의 얼굴을 바라보다가 웃었다. 짧고 선한 미소였다. 그 웃음 하나로 모든 어색함이 사라졌다. 은주의 심장이 그 순간 또 한번 요동쳤다. 고결이 카페로 들어가자고 했을 때 은주는 그제야 그가 이곳의 가수임을 알았다. 공연하려 이제 막 카페에 도착한 모양이었다.

"지금 제가 무대에 오를 시간이거든요. 혹시 시간

되시면 들어보실래요?"

　은주는 입술이 굳어버린 듯 아무 말도 못 했다. 라이브카페 중 이곳을 고른 건 인테리어가 예뻐서였다. 어떤 가수가 노래하는지 미처 체크하지 못했다.

　"안 들어가세요? 들어가실 거죠?"

　고결이 재촉했다. 은주는 홀린 듯 라이브카페 안으로 들어갔다.

　라이브카페 내부는 겉에서 본 것보다 훨씬 예쁘고 아늑했다. 낮게 깔린 조명과 곳곳에 놓인 촛불 장식은 휴양지의 풍경처럼 이국적이었다. 도시의 소음과 거리의 분주함에 찌든 은주의 마음을 치유해주는 듯했다. 은주는 카페 안 가장 안쪽에 작은 무대가 잘 보이는 자리로 안내받았다. 고결이 직접 의자를 빼주고는 미소 지으며 말했다.

　"여기 앉으세요. 이 자리가 제일 좋아요."

　그는 무대 뒤로 사라졌다. 잠시 후 무대에 나타난 고결은 세팅된 기타를 어깨에 메고 마이크 앞에 섰다. 무대 조명이 그를 더욱 아름답고 우아하게 만들었다.

고결이 부드러운 눈으로 은주를 바라봤다. 은주는 그 시선을 받아내지 못하고 고개를 숙여버렸다. 누군가를 이토록 의식하는 자신이 낯설었다. '이 느낌 뭐지.' 심장이 내려앉는 기분이었다. 낯선 공간 낯선 사람, 그런데도 무언가 아주 오래된 기억처럼 편안하고 익숙했다.

무대의 조명이 조금 낮아지고 마지막 기타 소리가 조용히 꺼질 때까지 그녀는 숨도 쉬지 않았다. 고결은 여러 곡을 부른 후 아무 말 없이 고개를 숙였다. 은주는 겨우 한두 곡 부르는 시간인 10분 정도가 흐른 줄 알았다. 그렇지만 어느새 한 시간이 훌쩍 지났다. 때때로 시간은 물리적인 한계를 넘기도 하니까. 고결이 무대에서 내려와 은주의 테이블로 다가왔다.

"어땠어요?"

은주는 말문이 막혀서 가만히 있었다.

"좋았어요?"

고결이 물었고 그제야 은주는 고개를 끄덕였다.

"뭐 마실래요? 가볍게 칵테일 대접하고 싶은데요."

"전 칵테일은 잘 몰라요."

"제가 만들어드리고 싶은 칵테일이 있는데 괜찮으시겠어요?"

"좋아요."

은주는 가만히 웃었다. 고결은 잠시만 기다려달라고 한 다음 주방 쪽으로 사라졌다. 은주는 다시 혼자가 되었지만 전혀 고독하지 않았다. 심장은 아직도 노래의 여운이 남아 두근거리고 있었다. 그리고 그 여운은 그녀 안에 조용히 심어진 씨앗처럼 천천히 뿌리를 내리고 있었다.

잠시 후 고결이 다시 은주의 테이블로 다가왔다. 이번에는 두 손에 예쁜 칵테일 잔을 들고 있었다. 잔에는 연분홍빛 액체가 담겨 있었고 표면에는 작은 장미 꽃잎이 한 장 떠 있었다.

"이건 로즈 마티니예요. 도수는 낮고 대신 향이 길게 남아요."

은주는 잔을 조심스럽게 받아 들며 물었다.

"너무 예뻐요. 왜 이걸 고르셨어요?"

고결이 잠시 잔을 내려다보며 애매하게 웃었다. 뭔가 말하려다 망설이는 표정이었다.

"그냥, 은주 씨한테 어울릴 것 같아서요."

대답은 밝았지만 입가가 살짝 굳었다. 은주는 더 묻지 않았다. 대신 잔을 들어 조심스레 입을 댔다. 장미향이 입안에 퍼졌다. 상큼함과 부드러운 쓴맛이 뒤따랐다.

"맛있어요."

고결이 안도한 듯 웃었다. 그 웃음이 왜인지 조금 슬퍼 보였지만 은주는 묻지 않았다. 그저 향을 오래도록 음미했다. 누군가가 자신을 위해 고른 칵테일과 그 안에 담긴 알 수 없는 이야기에 천천히 취해갔다.

긴 생머리를 늘어뜨린 여자가 조심스레 다가왔다. 편지 봉투와 작은 상자를 고결에게 건넸다. 팬인 듯했다.

"오늘도 노래 너무 좋았어요."

고결은 고개를 살짝 흔들며 미간을 찌푸렸다.

"고마워요. 근데 이런 건 안 주셔도 돼요."

"그냥 드리고 싶었어요."

그는 잠시 머뭇거리다가 마지못해 선물을 받아 들었다. 무뚝뚝했고 다소 귀찮아하는 기색도 느껴졌다. 팬의 얼굴은 금세 굳었고 곧 작게 인사하고 자리를 떴다.

"은주 씨."

고결이 다정하게 불렀다. 방금의 냉담한 표정은 거짓처럼 사라진 상태였다. 고결이 바닥에 놓인 부러진 하이힐을 집어 들었다.

"같이 수선집 찾아봐요."

"괜찮아요."

"해운대 나이트클럽에서 다음 공연이 있는데 시간이 남아서요. 같이 나가요."

그냥 한 말이겠지만 은주에겐 데이트 신청처럼 들렸다. 고결이 계속 나가자고 했고 은주는 마지못해 그를 따라나섰다. 기모 스타킹을 신은 맨발로 목재 바닥을 사뿐사뿐 밟았다. 밖으로 나오자 순식간에 겨울밤의 냉기가 온몸을 감쌌다. 맨발이 땅에 닿을 때마다 시려서 발걸음이 느려졌다. 고결이 멈춰 섰다. 팔을 내밀었다. 은주는 잠시 고민하다가 살짝 그 팔을 잡았다. 고결의 팔에 의지해서 한쪽 발을 들고 깡충깡충 뛰었다.

고결은 카페 옆에 주차된 바이크 앞으로 은주를 안내했다. 그가 타는 바이크는 매트 블랙 색상의 클래식

한 디자인이었다.

"타요. 위험하지 않게 천천히 갈게요."

은주는 잠시 망설이다가 뒷좌석에 올라탔다. 자연스럽게 그의 허리를 안았다. 설렜고 조금은 두려웠다. 낯선 남자의 등을 감싸는 일이 이토록 떨리는 일이라는 걸 은주는 처음 알았다. 문득 서울에 두고 온 지함의 얼굴이 떠올랐다. 우울해하는 은주에게 여행을 권하고 비용까지 다 내준 고마운 사람이었다. 연락 안 할 테니 자유롭게 쉬다가 오라고 배려하며 믿어주었는데 이래도 괜찮을까? 은주는 애써 지함을 의식하지 않으려 노력했다.

"출발해요."

고결의 말에 은주는 그의 허리를 더 단단히 감싸안았다. 엔진 소리가 낮게 울리더니 바이크는 부드럽게 도로 위를 달리기 시작했다. 몸으로 느껴지는 속도가 차를 탈 때와는 차원이 달랐다. 은주는 무서워서 눈을 질끈 감았다. 차가운 겨울바람이 뺨을 세게 때렸다. 이상하게 고결의 등에 뺨을 대자 마음이 조금씩 풀렸다. 천천히 눈을 떴을 때 달빛 아래 달맞이언덕의 풍경이 스쳐 지나가고 있었다. 해변을 따라 이어지는 해운대 해변로 위로 반짝이는 불빛이 비현실적으로 아름다웠다. 입가에 저절로 미소가 번졌다. 바이크를 타는 건 금지된 놀이기구를 타는 것 같았다. 두렵고 설레고 위험했다. 하지만 멈출 수 없었다. 은주는 온전한 자유를 느꼈다. 무채색이기만 하던 삶이 유채색으로 변하는 듯했다.

설레는 마음 뒤에 따라오는 감정은 의심과 혼란이었다. 그녀는 지금껏 연애를 하며 이런 감정을 느낀 적이 없었다. 늘 비슷한 연애를 반복해왔다. 호감의 무게를 재고 썸을 타고 조건을 따져보고 적당한 타이밍에 마음을 내줬다. 그건 사랑이라기보다 비즈니스 같았다. 하지만 지금은 달랐다. 고결과 함께하는 이 순간이 은주의 내면 깊은 곳에서 무엇인가를 뒤흔들고 있었다. 감정이 심장 깊은 곳에서 솟구쳐 올라 목구멍에 걸렸다. 사랑이라고 부르기에는 이르다고 단지 호감일 뿐이라고 은주는 애써 외면했다.

바이크는 곧 해운대에 도착했다. 고결은 조심스럽게 바이크를 세우고 부러진 하이힐을 들고 수선집을 찾아 골목을 돌기 시작했다. 은주는 신발이 없어서 바이크를 지키며 서 있었다. 이미 밤 11시가 훌쩍 지나 불이 켜진 가게가 있을 리 없었다. 얼마 지나지 않아 고결이 돌아왔다. 난처한 표정을 지었다.

"문 다 닫았네요."

"괜찮아요. 저 그냥 갈게요. 감사했어요."

돌아서려는 은주를 고결이 다급히 잡았다.

"근처에 늦게까지 여는 쇼핑센터가 있어요. 거기 가보죠."

은주가 머뭇거리자 고결이 헬멧을 은주의 머리에 씌워주었다. 부러진 하이힐은 바이크 트렁크에 넣어놓았다. 은주는 다시 바이크에 올랐다. 고결은 천천히 쇼핑센터로 향했다. 쇼핑센터 전체가 크리스마스 조명과 장식으로 반짝이고 있었다. 주차장에 바이크를 세웠다. 은주가 내리자 고결이 그녀의 발을 내려다봤다. 맨발이 추워 보였는지 고결은 자기 운동화를 벗었다.

"이거 신어요."

은주는 당황했다.

"괜찮아요. 그냥 천천히 걸을게요."

"다쳐요."

고결은 단호했다. 그는 말없이 꿇어앉아 그녀의 발에 운동화를 신겨주었다.

"이런 건 좀 츤데레 같죠?"

은주는 실소를 터뜨렸다. 운동화가 커서 헐렁했지만 따뜻했다. 둘은 쇼핑센터 안으로 걸어 들어갔다. 은주는 운동화가 커서 자꾸 발을 헛디뎠고, 고결은 그럴 때마다 팔을 잡아주었다.

"이건 어때요? 색이 잘 어울릴 것 같은데."

고결이 건네준 운동화를 받아 든 은주는 잠시 신어보더니 고개를 끄덕였다. 심플하지만 페인트를 칠한 것처럼 새하얘서 은주가 입은 옷과도 잘 어울렸다. 은주가 말렸지만 기어코 고결이 결제를 했다. 다음에 갚으라는 고결의 말에 은주는 심장이 퉁 내려앉았다. 그말이 고백처럼 들렸기 때문이었다. 은주는 새 운동화를 신고 고결은 다시 자신의 운동화를 신고 쇼핑센터를 나섰다. 바이크가 있는 곳까지 보조를 맞춰 걸었다. 말없이 함께 걷는 이 침묵 속에서 은주는 자신이 그에게 점점 더 끌리고 있다는 것을 부정할 수 없었다. 은주는 부채감과 호감이 혼재하는 지금껏 한 번도 느껴보지 못한 묘한 감정을 느꼈다.

여행지에서 만난 인연은 여행이 끝나면 끝나는 법이다. 그래서 사람들은 여행하며 더 큰 자유를 느끼는 것일지도 모른다. 은주는 걷고 있는 고결의 옆모습을 슬쩍 바라보았다. 다시는 볼 수 없어도 기억할 수 있도록 그 얼굴을 마음에 새겼다. 고결은 말없이 걷다가 느닷없이 질문을 던졌다.

"서울엔 언제 올라가요?"

"내일 마지막 밤 기차요."

"내일 일정은 어떻게 돼요?"

그 말은 물음이었지만 또 다른 의미의 초대 같았다. 은주는 대답하지 못하고 잠시 걸음을 멈췄다. 고결도 멈춰 서서 그녀를 바라봤다. 준비 없이 즉흥적으로 떠난 여행이었다. 짐은 작은 백팩에 든 것이 전부였고 찜질방에서 잘 생각에 숙소조차 예약하지 않았다.

"아직 없어요."

겨울밤의 공기 사이로 눈이 내릴 듯 말 듯 느린 적막이 흘렀다. 그 순간 은주는 본능적으로 내일이 오기 전에 무언가가 시작될 것임을 알았다. 이상한 기류가 흘렀다. 은주는 이상야릇한 기분을 털어내려고 배가 고프지 않냐고 고결에게 물었다.

"밥은 제가 살게요."

고결은 웃으며 장난스럽게 물었다.

"비싼 거 먹어도 되죠?"

"물론이죠."

고결이 나이트클럽 근처에 있는 순댓국집으로 이끌었다. 자기 단골 식당이라면서 아는 사람들 사이에선 맛집으로 소문난 곳이라고 했다. 작고 허름한 외관과 달리 안은 따뜻했고 테이블은 젊은 사람들로 북적였다. 식당에 들어서자 주인아줌마가 고결을 반가운 얼굴로 맞았다.

"왔나. 오늘도 억수로 잘 불렀나?"

고결은 머쓱하게 웃으며 인사했다.

"뭐 늘 그렇죠."

그는 모둠 순대와 순댓국 그리고 소주 한 병을 주문했다.

"공연해야 하는데 술 괜찮아요?"

은주가 걱정스럽게 물었다.

"다음 무대는 이 근처라서 바이크 탈 일 없어요. 집도 근처고요. 그리고 노래는 원래 한잔하면 더 잘 불러요."

고결이 어떤 술을 마시겠냐고 물었다.

"저는 맥주 마실게요."

불현듯 여행 가서 함부로 술 마시지 말고 남자 조심하라던 지함의 말이 떠올랐다. 농담이라고 했지만 기분이 좋진 않았다. 그는 늘 그런 식이었다. 보호자인지 연인인지 모를 태도를 취할 때가 있었는데 어떤 날은 그런 간섭이 나쁘지 않았지만 또 어떤 때는 소름 끼치게 싫기도 했다. 친구들과 모임이 있는 날이면 언제 들어가느냐고 수시로 문자를 보냈다. 문자에 몇 번 대답하다 보면 지레 지쳐서 일찍 들어가곤 했다. 온전한 휴식을 주겠다며 이번 여행에는 연락을 안 하겠다고 먼저 말했다. 그도 은주가 연락 문제로 힘들어한다는 걸 알고 있는 듯했다. 어쨌든 여기 지함은 없고 전화가 올 일도 없다. 그러니까 은주가 무엇을 하는지는 온전히 그녀의 마음이었다.

연예인처럼 생긴 남자 두 명과 여자 한 명이 창가 테이블에서 맥주를 마시고 있었다. 그들은 계속해서 은주와 고결이 앉은 테이블 쪽을 힐끗거렸다. 그중 한 남자가 고결에게 다가왔다.

"형, 여기 계셨어요?"

그는 민망할 정도로 은주를 빤히 쳐다봤다.

"와, 오래 살고 볼 일이에요. 형이 여자랑 밥 먹는 거 처음 봐요. 여자친구예요?"

고결은 긍정도 부정도 하지 않았다. 그저 고개를 약간 숙이고 식탁에 놓인 숟가락을 만지작거렸다. 음식을 내오면서 그 모습을 본 식당 아줌마가 은주를 힐끗 보더니 말을 건넸다.

"고결이 팬이가? 이쁜 아가씨가 뭐 하러 이래 뻣뻣한 애를 쫓아다니노. 남자는 살가운 게 최고다. 살가운 사람 만나라. 그리고 야는 아예 여자한테 관심도 없다."

고결은 눈썹을 찌푸렸다.

"아줌마, 그런 말 좀 하지 마요."

"와. 내가 뭐 틀린 말 했나. 아이고, 별일이네."

아줌마는 어깨를 으쓱하며 주방으로 들어갔다. 은주는 어쩔 줄 몰랐다. 뺨은 물론이고 귀까지 붉어졌다.

"넌 그만 네 자리로 돌아가. 곧 무대잖아."

그렇게 말하고 고결은 아무 일도 없었다는 듯 은주의 술잔을 채우며 말했다.

"여기 순댓국 진짜 맛있어요. 국물부터 먹어봐요."

아줌마나 후배를 대할 때의 차가움은 온데간데없이 다정했다. 후배는 어이없는 표정을 지었다. 은주는 식당 안에 자신과 고결만 존재하는 것처럼 느껴졌다. 무뚝뚝한 남자가 자신에게만 다정한 모습을 보이는 게 너무나 설렜다. 은주는 남몰래 상상했다. 고결과 연애하는 상상이었는데 그와 손잡고 거리를 걷고 차를 마시며 대화를 나누는 등의 아주 평범한 일상이었다. 그것만으로도 설레서 가슴이 터질 듯했다. 결국 데이트는 코스보다 누구하고 하느냐에 따라 질이 결정되는 것 같았다. 일상을 특별하게 만드는 건 오마카세나 해외여행이 아니었다. 만나는 그 사람 자체였다. 은주가 고결과 연애하는 상상의 나래를 한참 펼치고 있는데 아까 그 후배가 다시 왔다. 이번에는 그쪽 테이블에 있던 다른 남자와 여자까지 함께였다. 알고 봤더니 그들은 혼성 댄스 그룹이었고 12월부터 내년 2월 말까지 고결이 일하는 나이트클럽에 계약되어 있었다. 고결은 한숨을 쉬며 고개를 가로저었다.

"조용히 먹게 좀 나가줘라. 부탁이야."

하지만 그들은 아랑곳하지 않았다.

"형이 누굴 데려오는 걸 처음 봐서 신기해서 그래요."

그러더니 은주를 보며 말했다.

"저희 여기 앉아도 돼요? 곧 무대라 조금만 앉아 있을게요."

은주는 그렇게 하라고 답했다. 어차피 답은 정해져 있었다. 싫다고 했다가는 고결이 욕먹을 것이다. 은주가 허락하자 셋은 재빨리 자리에 앉았다. 그리고 자신들이 마시던 맥주를 앞에 놓고 자리를 제대로 잡았다. 고결은 심기가 나빠 보였지만 더는 뭐라 하지 않았다. 여자가 물었다.

"몇 살이세요?"

고결의 미간이 순간 좁아졌다. 은주와 고결은 서로 통성명만 했다. 나이는 서로 묻지 않았다. 은주는 나이를 선뜻 입에서 꺼낼 수 없었다. 살짝 고결의 눈치를 봤다. 그는 단단히 화가 난 표정으로 소주를 한입에 털어 넣었다. 세 명의 남녀가 눈을 동그랗게 뜨고 은주를 쳐다봤다. 다들 무지 궁금한 모양이었다.

"서른여섯이요."

탄성이 작게 터졌다. 저들이 내는 탄성이 무슨 의미일까 은주는 긴장했다.

"진짜 동안이시네요. 저랑 또래인 줄 알았어요."

질문한 여자가 말했다. 얼핏 봐도 여자는 20대 초반으로 보였다. 은주는 어색하게 웃으며 고개를 숙였다. 은주는 여자가 한 말이 자신을 놀리는 말임을 직감했다. 그 정도 눈치는 있었다. 몹시 불쾌했다. 30대 초반처럼 보인다고 했다면 그냥 넘어갔겠지만 20대 초반이라니 악의적으로 놀리는 것이 분명했다. 처음에 왔던 남자 댄서가 말했다.

"근데 고결 형은 연애 상대로 별로예요. 키 크고 잘생기고 노래 잘하고 하니까 여자애들이 목을 매는데 사실은 한 여자한테 꽂혀 있거든요. 그것도 자기를 버린 여자한테요."

고결은 숟가락을 소리 나게 내려놓고 짧고 단호하게 말했다.

"그만해."

그 말에는 묘한 힘이 실려 있었다. 별다른 표정 변화없이도 분위기를 단숨에 장악하는 힘이었다. 고결은 그저 눈빛 하나로 사람들을 제압했다. 댄서들은 서로 눈치를 봤다. 처음에 온 남자 댄서가 말했다.

"벌써 시간이 이렇게 됐어?"

"그러게. 언제 시간이 이렇게 됐지? 늦겠다."

옆에 있던 다른 남자 댄서가 깜짝 놀라는 연기를 하는데 어색했다. 여자 댄서가 보조를 맞췄다.

"형, 우린 먼저 가볼게요. 다음 무대 라이브 시간 다 됐어요."

셋은 같이 자리에서 일어났다. 댄서들이 떠났지만 분위기는 여전히 가라앉아 있었다.

"아까 그 사람들 무대 보러 가도 돼요?"

은주가 웃으며 물었다.

"보고 싶어요?"

남자 두 명은 은주를 호기심 어린 눈으로 관찰했고 여자는 노골적으로 은주를 깎아내렸다. 고결도 그 분위기를 읽은 듯했다. 은주는 괜찮은 척했다. 그렇게 하면 고결의 마음이 좀 편해질까 해서다. 고결은 이 상황이 탐탁지 않았지만 은주가 보고 싶다니 그렇게 하자고 했다. 두 사람은 묵묵히 식사를 마쳤다. 술은 남기고 식당을 나왔다.

나이트클럽 앞에 도착하자 줄을 서 있던 여성 몇 명이 고결을 발견하고 소리를 질렀다.

"고결 오빠다."

여자들은 카메라를 꺼내며 소리쳤고 그 인기에 은주는 눈이 휘둥그레졌다. 고결은 익숙하다는 듯 고개를 숙인 채 무표정하게 안으로 걸어갔다. 은주는 그의 뒤를 천천히 따랐다.

나이트클럽 안은 밖과 완전히 다른 분위기였다. 해운대에서 손꼽히는 핫플레이스답게 매일 밤 여행객과 지역 사람들이 뒤섞여 열기로 가득했다. 문을 열고

들어서자마자 귀가 멍해질 정도로 쿵쾅대는 음악 소리에 기가 질렸다. 어두운 조명 아래 레이저 불빛이 번쩍거렸고 웨이터들은 테이블 사이를 분주히 오갔다. 무대에는 손님들로 가득했다. 웨이터들은 손님을 이끌고 다른 테이블로 향했다. 흔히 말하는 '부킹'이 이루어지는 현장이었다. 술잔을 채우고 웃음을 흘리며 서로의 어깨를 스치는 그 낯선 에너지 속에서 은주는 자신이 이질적인 공간에 들어왔다는 느낌을 받았다.

고결은 익숙하게 사람들을 지나쳐 무대 뒤편 대기실로 은주를 안내했다. 좁은 통로를 지나자 의외로 조용하고 정돈된 공간이 나타났다. 그곳에는 이미 몇몇 가수와 댄서들이 머물고 있었다. 은주가 들어서자 시선이 일제히 그녀에게로 향했다.

"고결이 데리고 왔다던 여자?"

댄스팀의 입을 통해서 은주의 등장이 이미 대기실에 알려진 모양이었다. 고결은 아무런 설명 없이 은주를 소파에 앉혔다.

"이 자리가 제일 잘 보여요."

그 목소리는 부드러웠다. 대기실에 있던 사람들이

의아한 눈으로 고결과 은주를 봤다. 무대에선 혼성 댄스 그룹의 공연이 한창이었다. 1990년대 댄스 음악이 클럽 전체를 채웠다. 군무는 한 치의 흐트러짐 없이 정확했다. 화려한 조명 아래 그들은 흡사 무대 위의 전사들 같았다. 은주는 고결이 가져다준 병맥주를 한 모금 들이켰다. 은은하게 퍼지는 탄산의 청량감과 음악이 어우러져 몸이 저절로 들썩였다. 손끝, 어깨, 발끝이 리듬을 타기 시작했다. 평소엔 절대 그러지 않던 그녀였다. 그런데 이상하게도 부끄럽지 않았다.

"저분들 진짜 잘하세요."

고결이 병맥주를 하나 더 들고 와서 내밀었다.

"괜찮아요."

은주가 거절하자 그 맥주를 고결이 마셨다.

"실력으로는 전국에서 먹어주죠."

은주가 동의했다.

"싸가지 없는 거로도 전국에서 알아줄 거예요."

고결의 말에 은주가 웃음을 터뜨렸다. 은주는 고결이 그녀의 마음을 풀어주려 이런 말을 한다는 것을 알았다.

"내가 나이가 많아서 놀랐죠?"

아까부터 하고 싶던 말을 이제야 했다. 공사 현장보다 더한 소음 속에서 말하려니 평소보다 몇 배는 더 크게 말했다. 하지만 주위가 너무 시끄러워 근처에 있는 사람도 알아듣기 힘들었다. 고결도 은주의 귀에 대고 크게 말했다.

"나이가 무슨 상관이에요. 예쁘면 장땡이죠. 은주 씨는 제가 어려서 별로예요?"

"고결 씨는 몇 살인데요?"

"스물여섯이요."

"아."

은주는 놀라서 입이 벌어졌다. 어릴 거라고 생각했지만 이렇게 어릴 줄은 몰랐다. 그렇다고 고결에 대한 감정이 바뀌지는 않았다. 그냥 순간 좀 놀랐을 뿐이다. 고결도 은주의 나이를 듣고 이런 기분이었을까. 사람 사귀는 데 나이는 더는 장벽이 아닌 시대에 살고 있지 않은가. 인종과 성별마저 경계가 깨졌는데 기껏 열 살 차이가 뭔 대수겠나.

댄스팀은 무대 막바지에 갈수록 더 화려한 퍼포먼

스를 펼쳤다. 은주는 당장 스테이지에 올라가 춤추고 싶었다. 정말이지 실력만은 최고인 팀이었다. 은주는 저도 모르게 상체를 흔들며 환호했다. 그 모습을 보고 고결도 좋아했다. 낯선 공간에 대한 긴장감도 어색함도 서서히 사라졌다. 이 순간만큼은 그저 음악과 사람과 맥주에 취해도 괜찮을 것 같았다.

잠시 후 고결이 무대 위에 올랐다. 이번엔 나이트 디제이로 변신했다. 기타 대신 턴테이블을 들고 믹싱하는 고결도 멋있었다. 그는 중간중간 라이브로 노래도 불렀다. 고결이 노래할 때마다 사람들이 함성을 질렀다. 전부 빠른 템포의 댄스곡이 나왔고 그 비트에 맞춰 사람들의 어깨가 들썩였다. 고결은 노래와 함께 무대를 종횡무진 누볐다. 마치 이 공간 전체가 그의 리듬에 맞춰 움직이는 것 같았다. 그의 무대는 단순한 노래가 아니라 완벽한 퍼포먼스였다. 관객들은 하나같이 그의 손짓에 환호했다.

은주는 그 모습을 스테이지에서 숨죽이며 바라보았다. 방금 전까지 자신의 앞에서 조용히 웃으며 맥주를 건네던 그와 지금 무대 위에서 빛을 발하며 대중을 압

도하는 그가 전혀 다른 사람처럼 느껴졌다. 그 경계의 모호함이 은주의 가슴을 두근거리게 했다. 그는 단순한 가수가 아니었다. 사람들을 향해 음악으로 감정을 전하는 예술가였다. 무대에서 땀을 흘리며 노래하는 고결을 은주는 진심으로 응원했다.

그의 무대가 막을 내리고 나이트 안 조명이 조금 잦아들었다. 블루스 타임이 시작된 것이다. 잔잔한 발라드가 흐르자 여기저기서 남녀가 짝을 이루어 무대를 채웠다. 스테이지에서 내려가는 은주에게 누군가가 말을 걸어왔다.

"춤추실래요?"

은주는 부드럽게 고개를 저었다.

"괜찮아요."

남자는 한 번 더 물었다.

"잠깐이면 돼요."

"죄송해요."

은주는 정중하게 다시 거절했다. 그 순간 남자의 표정이 굳었다. 술기운이 오른 듯 눈이 붉게 충혈되어 있었다.

"나이트 와서 이러기야?"

순간 공기가 얼어붙었다. 은주는 그대로 얼음처럼 굳어버렸다. 남자는 그녀의 팔을 잡고 끌어당겼다. 몸이 휘청하며 흔들렸다.

"잠깐이면 된다잖아. 다 늙어서 혼자 무슨 청승이야."

남자가 억지로 은주의 허리를 감싸려는 순간, 고결이 무대에서 단숨에 내려와 테이블 사이를 가로질러 달려왔다.

"손 치워."

그의 목소리는 낮고 단호했다. 말보다 먼저 손이 나갔다. 고결은 단번에 남자의 손목을 꺾고 은주를 자기 뒤에 감췄다. 남자는 중심을 잃고 테이블 위로 넘어지며 컵과 병을 깨뜨렸다. 사람들의 비명이 터졌다. 몇몇 웨이터가 달려와 말리려 했지만 고결은 눈빛 하나로 그들을 밀어냈다. 남자가 다시 일어나 달려들었고 고결은 주먹을 날렸다. 짧고 강한 한 방이었다. 남자는 그대로 바닥에 쓰러졌다. 그의 코끝에서 피가 흘렀다. 나이트 전체가 조용해졌다. 잔잔한 발라드 노래만 흘렀다.

"괜찮아요?"

은주는 떨리는 손으로 고결의 소매를 붙잡았다. 고결은 은주의 어깨를 감싸며 말했다.

"여기서 나가요."

두 사람은 무대 뒤 대기실로 향했다. 은주는 여전히 긴장한 채였고 고결은 입을 굳게 다물고 은주의 가방을 챙겼다. 그때였다. 대기실 문이 쾅 하고 열리더니 우락부락한 얼굴에 덩치 좋은 남자가 들어섰다. 검은 셔츠에 문신이 소매 끝으로 비치고 있었다. 사람들은 그를 '전무님'이라고 불렀다.

"뭐 하는 짓이야. 무대 중에 손님하고 싸우는 게 말이 돼?"

그의 목소리는 낮고 무거웠다. 공기를 짓누르는 듯한 압박감이 대기실 전체를 감쌌다. 고결은 짐을 챙기던 손을 멈추고 조용히 전무를 바라봤다.

"그놈이 먼저 잘못했어요."

전무는 코웃음을 쳤다.

"여기 나이트야. 밤마다 싸움 나고 고성 오가고 그

게 일상인 곳이라고. 손님이 행패 부려도 우리가 참고 넘겨야지. 그게 장사 아니야."

고결은 말없이 고개를 숙였다. 은주는 그의 어깨에 힘이 들어가는 것을 보았다. 전무는 고개를 좌우로 흔들며 한숨을 내쉬었다. 전무의 시선이 대기실 한쪽에 서 있는 은주를 향했다.

"네 여자친구야?"

고결은 아무 대답도 하지 않았다. 전무는 입을 굳게 다물더니 다시 낮고 거친 목소리로 말했다.

"따로 얘기 좀 하자. 따라 나와."

고결은 은주에게 고개를 돌리고 걱정하지 말라는 듯 살짝 끄덕였다.

"잠깐만 기다려요. 금방 올게요."

그는 곧 전무를 따라 대기실 밖으로 나갔다. 대기실에 모여 있던 사람들이 자기들끼리 뭐라고 작게 속삭였다. 낯익은 얼굴이 다가왔다. 혼성 댄스 그룹의 여자 댄서였다. 짙은 스모키 화장을 한 그녀가 은주의 얼굴 가까이 자신의 얼굴을 가져다 댔다.

"괜찮아요? 많이 놀랐죠?"

은주는 얼떨결에 뒷걸음치며 괜찮다고 대꾸했다. 뭔지 모를 위압감이 들었다. 여자의 입매가 묘하게 비틀렸다.

"연륜이 있어서 그런지 이런 일에도 의연하신가 봐요. 대단하시네요."

은주는 아무 말도 하지 못했다. 여자가 은주를 더 자극했다.

"뭐 돼요?"

"네?"

은주는 놀라서 눈이 동그래졌다.

"고결 형이랑 사귀어요?"

은주는 아니라고 답했다. 여자 댄서가 혼잣말처럼 중얼거렸다.

"그치. 고결 형이 아무나 사귀고 그런 성격은 아니지."

여자 댄서가 조금 전보다 부드러워진 목소리로 물었다.

"고결 형이 좋아하는 여자 얘기 안 궁금해요? 아까 식당에서 잠깐 얘기했잖아요."

궁금하지 않았다. 알면 상처받을 것 같았다. 안 궁금하다고 말하고 싶었는데 한편으로는 너무 궁금했다. 은주는 고결이 좋아하는 여자가 궁금해서 참을 수 없었다.

"두 사람, 같은 보육원 출신이라 꼬꼬마 때부터 좋아했어요. 서로 첫사랑인 거죠. 고결이 형 외모가 워낙 출중해서 좋아하는 여학생이 한 트럭은 됐었거든요. 근데 형은 걔만 봤어요. 한 번도 눈 돌린 적 없었다니까. 완전 순정파죠."

여자 댄서는 신이 나서 떠들었다. 은주는 한마디도 하지 않았다.

"걔 지금 서울에서 연예인 준비하고 있어요. 엄청 예쁘거든요. 부산 바닥에서 아주 유명했죠. 얼굴 예쁜 거로."

고결과 전무의 뒤를 따라 밖에 나갔던 남자 댄서 두 명이 돌아왔다. 고결은 오지 않았다.

"형 잘리겠지?"

"잘리는 건 당연한 거고. 맞아서 반병신 되는 거 아닌지 몰라."

은주는 그 자리에 얼어붙었다. 여자 댄서가 은주의 귀에 대고 낮게 속삭였다.

"아직 안 가고 뭐 하세요, 이모님."

비웃음과 경멸이 어려 있었다. 은주는 숨이 턱 막혔다. 입술이 파르르 떨렸다. 그녀는 말없이 가방을 들고 자리에서 일어났다. 그렇게 나이트클럽을 빠져나오는데 한 걸음 한 걸음이 지옥을 지나가는 기분이었다. 조명은 현란했고 음악은 요란했다. 은주의 팔목을 누군가 덥석 잡았다.

"손님, 잠깐만요. 룸으로 모실게요."

웨이터였다. 그의 손은 거칠었다.

"됐어요. 저 나가는 길이에요."

은주는 있는 힘껏 웨이터를 뿌리치고 달렸다. 술 취한 남자들 몇 명이 은주를 보고 히죽거리며 다가왔다.

"같이 놀아요."

은주는 고개를 푹 숙인 채로 더듬더듬 출입구를 찾아 나섰다. 숨이 턱까지 차올랐다. 겨우 문을 열고 바깥으로 나오자, 차가운 공기가 폐 속으로 파고들었다. 대체 뭘 하러 여기까지 온 거지, 자괴감이 들었다. 자신이 너무 초라했다. 나이를 어디로 먹었는지 모르겠다는 자조가 밀려왔다. 이 나이 먹고 어린애처럼 행동한 자신이 믿기지 않았다. 밤은 여전히 요란했고 은주의 마음은 그 모든 소음보다 더 큰 소리로 무너지고 있었다.

길을 건너 도망치듯 발걸음을 옮겼다. 숨이 가빠지고 눈앞이 흐려졌다. 낯선 도시 그리고 낯선 감정으로부터 그냥 사라지고 싶었다. 둔탁한 발소리가 들렸다. 은주는 더럭 겁이 났다. 발소리가 빠른 속도로 가까워졌다. 은주는 무서워서 기절할 것 같았다. 발소리의 주인이 은주의 어깨를 잡아 세웠다. 은주는 비명을 지르며 바닥에 그대로 주저앉았다.

"왜 그래요? 무슨 일 있었어요?"

고결이 걱정스럽게 물었다. 은주가 고개를 들었다. 그녀의 얼굴은 눈물로 번들거렸다. 은주는 화난 얼굴을 하고 벌떡 일어났다.

"그만 가볼게요."

고결이 은주를 다시 잡았다.

"갈 거라고. 나 좀 놔줘요."

은주는 도망치듯 다시 뛰었다. 고결이 쫓아와 그녀의 손목을 잡았다.

"놓으라고요!"

고결은 놀란 듯 그녀를 바라보다가 손목을 놓고 한 발짝 물러섰다.

"왜 그래요, 은주 씨? 무슨 일인데 이렇게 도망가요?"

은주는 눈을 피했다. 아무 말도 하고 싶지 않았다. 설명할 수 없는 감정이 너무 복잡하게 얽혀 있었다.

"일단 진정해요. 이 시간에 여자 혼자 걷기엔 너무 위험해요. 제가 숙소까지 데려다줄게요."

은주는 숙소를 잡지 않았다. 찜질방에서 잘 생각이었다. 무엇보다 은주는 지금 고결과 얘기를 나누고 싶지 않았다. 그냥 지금 이 자리를 벗어나고 싶을 뿐이었다.

"고결 씨가 뭔데 절 데려다줘요? 무슨 권리로요?"

고결은 당황한 눈빛으로 물었다.

"내가 뭘 잘못했어요? 혹시 내가 나이트클럽에서 일해서 그래요?"

그의 목소리는 떨렸고 금방이라도 울 것 같았다. 고결은 뭔가 단단히 오해했다. 은주는 그제야 고결의 얼굴을 제대로 바라봤다. 뺨이 붉게 퉁퉁 부어 있었다.

"뺨, 왜 이래요?"

은주가 충격에 잠긴 목소리로 물었다. 고결은 어깨를 으쓱하며 시선을 피했다.

"나오다가 넘어졌어요. 나이트가 아니라 암흑이더라고요. 너무 어두워."

아까 대기실에서 남자 댄서들이 하던 대화가 떠올랐다. 은주는 가슴이 아려왔다. 좀 전의 분노는 흐릿해졌다. 따지고 보면 고결이 잘못한 건 하나도 없었다. 은주는 흥분을 가라앉히고 진심으로 화낸 것을 사과했다. 그리고 담담히 여기서 그만 헤어지는 게 좋겠다고 말했다.

"혼자 다니면 안 된다고 했잖아요. 여기 밤에는 위험해요."

"고결 씨 여자친구도 있다면서요?"

질문은 불쑥 튀어나왔다. 말이 끝나기 무섭게 은주는 자신의 입을 손으로 틀어막았다. 얼굴이 순식간에 붉게 물들었다. 마음속으로 미쳤어, 하고 소리쳤다. 고결은 조금 놀란 듯 고개를 기울였다. 그러다 이내 조용히 말했다.

"누가 그런 얘기 했는지 알 것 같네요. 솔직하게 말할게요. 사귀던 여자가 내 돈을 싹 다 털어서 도망갔어요. 그게 팩트예요."

말끝에 그는 헛웃음을 지었다. 바람이 불었다. 서울만큼은 아니지만 제법 차가웠다. 고결은 주머니에 손을 찔러 넣으며 말을 이었다.

"술이 당기네요. 나이트도 잘렸는데 나랑 술이나 할래요?"

은주는 고결의 옆얼굴을 바라보다가 입을 열었다.

"저 때문에 잘린 거예요?"

고결은 웃으며 고개를 저었다.

"원래 한계가 보이던 곳이었어요. 그만두려고 했었어요."

그 말이 더 아프게 와닿았다. 은주는 눈을 내리깔며 중얼거렸다.

"사실 저도 마시고 싶었어요."

바닷가에서 멀지 않은 포장마차에 들어갔다. 좁고 긴 테이블과 둥근 플라스틱 의자가 눈에 들어왔다. 주문하자마자 소주와 맥주 그리고 해물라면이 나왔다. 소주잔이 여러 번 오갔다. 은주가 말했다.

"고결 씨, 전 여친 얘기해줘요."

아까부터 그 얘기가 궁금해서 해물라면이 코로 들어가는지 입으로 들어가는지도 몰랐다. 고결은 소주 한 잔을 입에 털어 넣고 얘기를 시작했다. 은주는 가만히 그의 말에 귀 기울였다.

"초등학교 4학년 때 보육원에 들어갔어요. 내가 아기였을 때 엄마가 돌아가시고 4학년 때 아빠마저 돌아가셨거든요."

은주는 조용히 젓가락을 내려놓았다.

"보육원에서 그 애를 만났어요. 걔는 태어나자마자 버려져서 부모가 누군지도 모른대요. 보육원에서만 살았던 거죠. 성인이 되어 보육원을 나오면서 서로에게 가족이 되어주기로 했어요. 재개발 지역에 있는 보증금 50만 원에 월세 10만 원짜리 방을 얻어서 함께 살았어요."

은주는 속으로 놀랐다. 동거까지 한 줄은 몰랐다. 그녀는 고결의 얘기를 들으며 술을 홀짝홀짝 마셨다. 이미 주량을 초과했는데도 취기가 오르지 않는 게 이상했다.

"하루에 4시간 자고 닥치는 대로 일했어요. 대학에 가고 싶었거든요. 꿈이 있었어요."

그 말을 하는데 고결은 좀 슬퍼 보였다. 한참 말이 없던 고결은 소주를 연거푸 마시더니 다시 말을 이어 갔다.

"3년 동안 뼈가 부서지도록 일해서 돈을 좀 모았어요. 운 좋게 원하는 대학에도 붙었는데."

고결은 한참 다음 말을 이어가지 못했다. 은주는 이미 그 이야기의 결말을 알 것 같았다.

"등록하기 며칠 전에 걔가 내 돈과 보증금을 싹 다 들고 튀었어요."

은주는 술잔을 들다가 멈췄다. 그의 목소리는 마른 가지처럼 툭툭 꺾였다. 은주는 숨을 들이켰다. 한기가 몸 안으로 스며드는 기분이었다.

"대학은 고사하고 당장 먹고살 길이 막막했어요. 상자를 놓고 해운대에서 버스킹을 했는데 벌이가 나쁘지 않더라고요. 고등학교 다닐 때 밴드부를 했었거든요. 어쩌다 보니 여기까지 오게 된 거예요."

그는 술을 마시고 손등으로 입술을 훔쳤다. 은주는 그 여자를 잊었는지 묻고 싶었지만 참았다. 좋아서 하는 줄 알았던 일이 사실은 어쩔 수 없는 선택이었다니. 은주도 꿈이 있었다. 그녀는 작가를 꿈꾸었다. 현실이라는 장벽을 넘지 못해 포기했다. 꿈을 놓치고 어쩔 수 없어서 시작한 일이라고 하기에 고결의 재능은 눈부셨다. 은주는 조용히 그의 얼굴을 바라봤다. 웃음기도 슬픔도 없는 얼굴. 다만 고요했다. 포장마차 바깥에서 누군가의 웃음소리가 들렸다. 김이 서린 비닐 벽 너머로 뿌연 불빛이 흔들렸다. 은주는 잔을 들었다. 그리고 말했다.

"마셔요. 인생 뭐 있어요. 오늘 재밌게 살면 장땡이죠."

고결은 고개를 끄덕였다. 이때부터 두 사람은 정신 놓고 술을 마셨다. 취할수록 웃음은 넘쳐났다. 맨정신이라면 하지 않을 말도 마구 했다. 포장마차 벽을 따라 달린 전등 몇 개가 은은하게 흔들렸다. 외투 틈새로 바닷바람이 스며들었지만 그들은 술기운 덕분에 아랑곳하지 않았다. 고결이 메뉴판을 넘기다 말했다.

"산낙지 먹어볼래요? 해운대에 왔는데 안 먹으면

섭섭하잖아요."

은주는 망설이다가 고개를 끄덕였다. 곧 산낙지가 나왔다. 고결은 젓가락으로 능숙하게 집었지만 낙지는 다시 미끄러졌다.

"이놈이 도망가네."

그는 웃으며 다시 시도했다. 은주는 낙지가 자기 쪽으로 기어오자 비명을 지르며 뒤로 물러났다.

"고결 씨, 얘가 왜 나한테 오는 거예요."

그 말에 고결은 배를 잡고 웃었다. 술잔이 몇 번 더 오갔다. 은주의 눈매가 살짝 풀렸다.

"누나라고 불러. 왜 자꾸 은주 씨래. 나이도 한참 어리면서."

고결은 젓가락을 멈췄다.

"정신연령이 중요하죠. 내가 은주 씨보다 정신연령이 더 높은 거 같은데요. 오빠라고 불러요."

은주는 코웃음을 쳤다.

"어림없는 소리."

"한번 해봐요. 오빠."

은주는 진지하게 고개를 저었다.

"싫어요."

그렇게 밤이 깊어갈수록 두 사람의 거리도 가까워
졌다.

고결은 취한 은주를 부축해 포장마차에서 멀지 않
은 곳에 있는 그의 원룸으로 갔다. 문을 열자마자 은
주는 욕실로 뛰어갔다. 고결이 밖에서 괜찮냐고 물었
다. 걱정되어 욕실 문 앞에서 서성이는 기척이 느껴졌
다. 한참 뒤 은주가 토하고 나서 나왔다. 여전히 속이
울렁거렸지만 숨을 몇 번 고르자 머릿속이 조금 또렷
해졌다.

"미안해요. 너무 많이 마신 것 같아요."

고결은 은주를 침대로 안내했다. 은주는 침대 모서
리에 걸터앉더니 갑자기 벽을 가리키며 감탄사를 터
뜨렸다. 벽에는 고결이 수집한 그림 포스터와 복사본
들이 빼곡했다. 파란 수영장과 히안 디이빙데로 유명
한 그림 한 장이 눈에 확 들어왔다.

"저 그림."

"호크니 알아요?"

"이 화가 모르는 사람이 어딨어요."

고결은 원래 순수미술을 공부하고 싶었다고 했다. 잘하는 것 하나 없는 자신이 유일하게 하고 싶고 재능이 있는 게 미술이었다고. 은주는 노래도 충분히 재능 있다고 말해주었다. 사실 차고 넘치는 재능이었다. 신은 그에게 부모를 일찍 데려가는 대신 재능을 준 것일지 모른다.

"막노동을 3년이나 했다고 했잖아요. 만신창이가 되어 집에 돌아오면 침대에 누워 저 그림을 보며 시간을 보냈어요. 그리고 꿈꿨죠. 대학에 가고 화가가 되면 저 그림처럼 푸른 수영장 옆 작업실에서 햇살을 받으며 살겠다고."

또 다른 벽에는 오래된 폴라로이드 사진, 다양한 소품으로 꾸미고 찍은 스티커 사진, 핸드폰으로 찍어 프린트한 사진까지 수십 장이 꽂혀 있었다. 단발머리와 긴 머리, 교복과 사복 등으로 외형의 변화만 있을 뿐 모든 사진에는 한 여자만 담겨 있었다. 은주는 사진 속 여자가 고결의 첫사랑임을 직감했다.

"이 귀엽고 사랑스럽게 생긴 여자애는 누구죠?"

모르는 척 물었다.

"첫사랑이요."

고결은 담백하게 말했다. 은주는 새침해져서 고개를 끄덕이다가 침대에 누웠다.

"헐. 초딩 때부터 오래도 만났네."

은주는 한 손으로 자신의 머리를 문질렀다. 술기운에 세상이 빙글빙글 돌았다.

"아, 머리 아파. 이쁘긴 진짜 이쁘다. 나라도 반했겠네. 근데요, 나도 사실은 남친 있거든요. 고결 씨만 대단한 사랑한 거 아니라고요. 나도 인기 있다고요."

고결이 소리 내어 웃었다.

"이렇게 귀여운 여자의 남자친구는 뭘 할까요?"

"로스쿨 다녀요. 엄청 멋지죠?"

은주는 얼굴을 손으로 덮었다.

"내가 왜 이런 말을 하지. 죄송해요. 취했나 봐요."

고결이 이불을 끌어다 은주를 잘 덮어주었다. 고결이 은수 이마에 흘러내린 머리칼을 부드럽게 치워주었다. 따뜻한 손이 꿈처럼 스쳐 지나갔다. 어둠 속에서 작은 목소리가 들렸다.

"잘 자요."

은주는 그 말을 듣고 깊은 수면으로 빨려 들어갔다.

잿빛 환상

푸른 밤바다 라이브카페에 가면 고결의 행방을 찾을 수 있을 것이다. 은주가 기억하기로 라이브카페는 새벽 6시까지 영업했다. 택시는 해운대를 끼고 달맞이언덕을 천천히 올랐다. 은주는 아무 말 없이 창에 머리를 기댔다. 차창에 이마가 닿을 때마다 미지근한 입김이 흐릿하게 퍼졌다가 금세 사라졌다.

은주는 의아했다. 결혼을 확신했던 남자가 다른 여자와 결혼했는데 왜 그가 떠오른 것일까. 어쩌자고 이 새벽에 부산까지 달려온 것인지. 은주는 자신이 마음만 먹으면 당장이라도 고결을 만날 수 있을 거라고 확신했다. 이런 생각은 거의 종교적 믿음에 가까웠다. 4년 전, 겨우 이틀간의 짧은 인연이었지만 고결은 그런 강력한 믿음을 준 유일한 사람이었다. 아무리 오랜 시간이 흘러도 고결은 푸른 밤바다 라이브카페에서 노래하고 있을 것이라고 믿었다. 이 새벽, 모든 것을 뒤로하고 이곳으로 달려온 이유도 바로 그 때문이었다.

택시가 마지막 커브를 돌자, 멀리 언덕 위 라이브카페가 보였다. 택시가 멈추고 은주가 내렸다. 눈앞에 펼쳐진 광경은 기억 속 모습과 완전히 달랐다. 달빛 아래 빛나던 지붕과 하얀 회랑은 사라지고 잿빛 건물과 앙상한 뼈대만 남아 있었다. 한때 반짝이던 유리창은 산산조각 나 흉측했고, 그을음이 벽면을 검은 핏줄처럼 뒤덮고 있었다. 건물 전체가 잿더미 위에 앉은 유령처럼 서 있었다.

은주는 그 자리에 얼어붙었다. 피가 거꾸로 흐르는 것 같았다. 심장이 요동쳤다. 도무지 믿을 수 없었다. 언제든 이곳에 오면 그를 만날 수 있을 거라는 신앙이 산산이 무너져버렸다. 폐허 앞에 선 은주는 방향을 잃은 어선 같았다. 눈밭 한가운데 홀로 버려진 아이처럼 무서웠다. 순간 또 다른 두려움이 밀려들었다. 설마 그가 이 끔찍한 화마 속에서 다친 건 아니겠지.

"아니야. 절대 그럴 리 없어."

은주는 눈을 질끈 감았다. 나쁜 생각을 몰아내고자 고결이 무대에서 노래를 부르던 모습을 떠올리려 안간힘을 썼다. '이렇게 될 줄 알았다면 그때 그의 손을 놓지 말걸.' 슬픔이 목 끝까지 차올랐다. 울고 싶었지만 모든 희망이 무너져버릴 것만 같아서 울 수 없었다.

시간이 멈춘 듯 고요한 폐허 옆으로 제설차가 지나갔다. 염화칼슘이 사방에 흩뿌려졌다. 은주는 모래처럼 부서지는 기억을 움켜쥐듯 허공을 바라보다 결국 무너진 콘크리트 난간에 주저앉았다. 손끝으로 잿더미를 문질렀다. 시꺼먼 가루가 묻어났다. 그을음이 손끝에 닿자 마치 마음속까지 시꺼멓게 물들어버리는 듯했다. '그때 고결을 선택했다면 내 인생은 이렇게까지 비틀리지 않았을까.' 그런 후회조차 사치였다. 전부 이미 지나간 일이었다. 차디찬 새벽 공기에 정신이 아득해졌다. 숨결이 허공에 이슬처럼 맺혔다가 허무하게 흩어졌다.

"어디든 좋으니 부디 살아만 있어줘요."

기도처럼 은주는 혼잣말을 흘렸다.

재즈바의 네온 간판이 어둠 속에서 깜박이고 있었다. 간판 아래 낡은 황동 조명도 불안정하게 흔들렸다. 은주는 낡은 문을 밀고 들어갔다. 오래된 가죽 소파와 오크 위스키 향이 뒤섞인 무거운 공기가 온몸을 감쌌다. 걸을 때마다 나무 마루가 삐걱거렸다. 실내는 그리 크지 않았다. 한 테이블에는 연인들이 나른하게 기대어 앉아 있었고 구석진 자리에는 한 남자가 잠든 듯 고개를 떨구고 있었다. 오래된 엘피판에서는 재즈 피아노 선율이 잔잔히 흘렀다. 바텐더는 턱을 괴고 졸고 있다가 인기척에 고개를 들었다.

"어서 오세요."

은주는 가볍게 미소 지으며 바 의자에 앉았다.

"이 시간에 우리 바를 찾아오시다니 운이 좋으시네요."

바텐더는 능청스럽게 웃으며 물컵을 내밀었다.

"어떤 걸 드릴까요."

은주는 잠시 고민하다 말했다.

"위스키, 스트레이트로 주세요. 종류는 상관없어요."

평소라면 절대 마시지 않을 술을 시켰다. 바텐더가 고개를 끄덕이며 고급스러운 잔에 위스키를 따랐다. 황금빛 액체가 잔 속에서 파르르 떨렸다. 첫 잔이 목을 타고 넘어가자 가슴팍까지 뜨끈해졌다. 식어버린 심장을 다시 덥혀주는 듯했다. 은주는 가만히 잔을 굴리며 불에 탄 라이브카페를 떠올렸다.

"서울 분이신가 봐요."

바텐더가 자연스럽게 말을 건넸다.

"어떻게 아셨어요."

"이 시간에 이 동네 오는 분들은 대부분 여행객이거든요. 특히 혼자 온 여자 손님은 더 그래요."

은주는 쓸쓸하게 웃었다. 이걸 여행이라고 해야 하나. 사람을 찾으러 왔다고 정정할까. 결국 은주는 아무 말도 못 했다. 바텐더는 고개를 끄덕이며 두 번째 잔을 천천히 따랐다. 바람 소리가 먼지 낀 창문 틈으로 스미듯 들어왔다. 한참을 조용히 마셨다. 은주는 조금 망설이다가 물었다.

"저기 혹시 푸른 밤바다 라이브카페에 불이 났던데 아시는 거 있으세요?"

바텐더는 눈썹을 살짝 치켜올렸다.

"당연히 알죠. 도로만 건너면 있는 곳인데요. 거기 인테리어도 예쁘고 라이브 가수들 실력도 좋아서 엄청 핫플이었거든요. 라이브카페가 성업했을 때는 거기 손님이 우리 가게로도 많이 넘어와서 좋았어요. 이시간에도 빈자리가 없었다니까요."

바텐더는 할 말이 많은 듯 쉬지 않고 말했다.

"큰 화재라서 신문에도 났었어요. 핸드폰으로 검색 한번 해보세요."

은주는 난처했다. 갑자기 입이 말라서 입술을 핥았다.

"휴대전화 액정이 깨져서요. 글씨가 잘 안 보여요."

바텐더가 자기 핸드폰으로 기사를 찾아 은주에게 화면을 내밀었다. 검은 불길이 라이브카페 외벽을 삼키며 올라가는 사진이 눈에 들어왔다.

〈해운대 라이브카페에서 조리 중 화재 발생〉

기사를 보니 인명 사고도 있었다. 직원 한 명이 사망하고 손님을 비롯한 여럿이 부상을 입었다. 은주의 가슴이 철렁 내려앉았다.

"조리 도중에 기름이 튀어서 불이 났는데 초기 대응을 잘못해서 결국 크게 번졌죠."

은주가 떨리는 목소리로 물었다.

"혹시 사망한 분이 누군지 알아요?"

바텐더의 입에서 가수라는 소리가 나오자 은주는 비명을 질렀다. 나른하게 늘어져 있던 손님들이 놀라서 고개를 들었다. 은주는 손님들에게 사과할 생각도 못 했다. 그녀는 거의 패닉 상태였다.

"무슨 일이세요?"

위스키를 한 잔 더 건네며 바텐더가 물었다. 은주는 위스키를 단숨에 들이켰다.

"가수 중에 지인이 있어서요. 오늘 그 사람을 만나러 서울에서 택시 타고 왔어요."

바텐더는 은주를 호기심 가득한 눈으로 바라봤다.

무슨 사연이기에 눈 오는 이 새벽에 택시를 타고 서울에서 부산까지 온 것일까, 이런 생각을 하는 듯했다.

"그 사람 아니에요."

다행히 바텐더가 말한 가수의 이름은 고결이 아니었다. 은주는 안도했다. 손님도 거의 없는 지루한 새벽 시간이라 그런지 바텐더는 곧 은주를 도와주겠다고 말했다.

"찾는 가수 이름이 뭔데요?"

"강고결이요. 통기타 치던 가수요."

바텐더는 깜짝 놀랐다. 그 가수라면 그도 안면이 있었다. 무명이지만 인기가 많은 그를 보러 온 팬들이 재즈바에도 자주 왔었다. 개인적인 친분이 없어서 지금 어디에 있는지 알려주지 못하는 것을 그는 안타까워했다.

"잠시만 기다려봐요."

바텐더는 핸드폰에서 연락처를 뒤적였다.

"푸른 밤바다에서 서빙 봤던 친구 연락처를 알고 있어요. 여기 있네요. 지금 전화해볼게요."

"이 시간에 전화해도 되나요?"

그의 이름은 최진석이었는데 호텔에서 새벽 근무를 한다고 했다. 바텐더가 전화를 걸었다. 상대가 금방 전화를 받았다. 통화를 마친 바텐더가 말했다.

"진석이가 지금 만날 수 있대요. 대로변 따라 쭉 올라가면 큰 호텔이 보이실 겁니다. 로비에 있다니까 그쪽으로 가보세요."

바텐더는 메모지에 이름과 연락처를 적어 내밀었다. 은주는 그 종이를 꼭 움켜쥐었다. 심장이 다시 빠르게 뛰었다.

"정말 감사해요."

바텐더는 밝게 웃으며 말했다.

"별말씀을요. 부산에 올 일 있으면 또 찾아주세요."

문을 밀고 나서자 새벽바람이 얼굴을 세게 스쳤다. 은주는 입술을 꽉 깨물고 눈 쌓인 언덕을 조심해서 걸어 올라갔다.

은주는 고개를 돌려 창밖을 바라보았다. 어스름한 새벽하늘 아래 호텔의 거대한 외벽이 굳건히 서 있었다. 아직 해는 뜨지 않았지만 먼동이 붉게 번지고 있었다. 나뭇가지마다 소복이 내려앉은 눈꽃은 조명을 받아 은빛으로 반짝였다.

화장실에 갔던 진석이 테이블로 돌아왔다. 진석과 감자탕을 사이에 두고 마주 앉았다. 식당 안은 훈훈했다. 갓 지은 밥 냄새가 식당을 채우자 그제야 위장이 배고프다는 신호를 보냈다. 입안에 침이 고였다.

"괜히 저 때문에 근무시간까지 바꾸시고 여러모로 죄송해요."

은주가 조심스레 입을 열었다. 진석은 손을 저었다.

"아닙니다. 괜찮아요. 저도 오랜만에 감자탕 먹으니까 좋은걸요."

식당 안에는 밤샘 손님 몇 명이 늦은 저녁인지 이른 아침인지 모를 식사를 하고 있었다. 종업원들은 무심한 표정으로 테이블을 오갔다. 김이 피어오르는 뚝배기 위로 돼지 등뼈가 담백하게 얹혀 있었다. 진석은 목장갑 위에 비닐장갑을 끼고 익숙한 손놀림으로 큼직한 뼈 하나를 들어 은주의 앞접시에 올려줬다.

"이건 진짜 살 많아요. 맛있게 드세요."

국물을 한 숟가락 떠먹었다. 매콤한 고춧가루 향이

코끝을 자극했다. 허기가 몰려왔다. 어제부터 먹은 것이라곤 커피와 유자차, 위스키가 전부였다.

"은주 씨도 한잔하세요. 감자탕에는 소주가 딱이거든요."

은주는 고개를 저었다. 아까 위스키를 급하게 마셔서 취기가 많이 올랐다.

"괜찮습니다. 위스키를 마시고 와서요."

그는 멋쩍게 웃고는 자기 잔에 소주를 따르더니 단숨에 목으로 털어 넣었다. 한동안 젓가락 소리만 식탁 위에 울렸다. 진석이 대충 식사를 마친 듯하자 은주가 먼저 말을 꺼냈다.

"고결 씨랑은 얼마나 친해요?"

"친하다."

진석은 혼잣말처럼 중얼거렸다.

"음, 글쎄요. 친하다면 친하고 아니라면 아니고. 뭐 그런 사이입니다."

진석의 말에 은주는 몹시 실망했다. 은주의 실망한 마음이 표정에 그대로 드러났다. 원래 은주는 배려가 몸에 밴 사람이라 표정을 잘 숨겼는데 오늘은 이상하게 숨기기가 어려웠다. 몸이 지쳐서 그런지도 몰랐다. 그런 은주의 표정을 읽고 진석이 재빨리 말을 이어갔다.

"뭐라고 해야 할지 모르겠는데요. 사실 형은 누구하고도 깊게 지내지는 않았어요. 형이 보육원 출신인 건 아시죠?"

은주는 그렇다고 답했다. 진석은 은주의 눈치를 보며 말을 이었다.

"첫사랑 때문에 사람들한테 마음을 잘 안 열게 된 것 같아요. 대충 친하게 지내는 듯해도 깊게 사귀거나 하지는 않았어요. 자기 얘기도 거의 안 했고요."

다들 고결의 상황을 알고 있던 터라 그를 이해하려 했다. 이상한 건 다들 고결을 어려워하면서도 좋아했다는 점이다. 진석은 그것을 카리스마라고 표현했다. 은주가 보기에 고결은 그냥 매력 있는 사람이었다. 말이 많지 않아도, 재미있는 성격이 아니어도, 돈을 잘 쓰지 않는데도 사람들이 따르는 사람이 있었다. 은주는 학창 시절부터 늘 그런 유형의 친구를 부러워했다.

"형은 조용한 사람인데도 참 따뜻했어요."

은주는 정말 알고 싶은 것을 물었다.

"혹시 고결 씨 어디 있는지 알아요?"

"지금은 몰라요."

진석이 잠시 생각에 잠긴 듯하다가 말을 이었다.

"형을 마지막으로 본 게 한 2년 됐으니까요. 화재 나기 두어 달 전쯤이었어요. 그 이후론 연락이 완전히 끊겼어요. 휴대전화 번호도 바뀌었더라고요."

진석이 가진 정보는 이게 다였다. 은주는 고결에 대해 조금이라도 알고 싶었다. 그래서 진석에게 고결은 어떤 사람이었는지 물었다.

"형은 바이크를 진짜 좋아했어요."

진석은 잠시 웃었다. 고결과의 추억을 회상하는 듯 보였다.

"일 마치고 감자탕에 소주 한잔하는 게 낙이었죠. 술 취하면 가끔 〈희나리〉를 콧노래로 불렀는데 그게 은근 중독성 있거든요."

진석은 그 말을 끝으로 더는 말이 없었다. 가깝게 지냈다지만 결국 진석은 고결의 겉모습만 알 뿐 제대로 알지 못했다.

"형이 어릴 때 살았던 곳 얘기를 한번 했었어요."

은주는 귀가 번쩍 열렸다. 이 얘기는 아주 중요한 단서가 될 수 있었다.

"어디였어요?"

"그냥 지나가는 말로 한 거라서 정확한 동네 이름까지는 모르겠고요. 보육원 들어가기 전에 달동네에 살았다고 하더라고요."

진석은 더 구체적인 정보는 기억나지 않는다고 했다. 은주는 속으로 '달동네'라는 단어를 되뇌었다.

"혹시 형이 자주 가던 곳이나 좋아하던 장소 같은 건 없었나요?"

"글쎄요. 특별히 기억나는 건 없어요."

진석이 고개를 갸웃거렸다.

"그런데 왜 그렇게 형을 찾으세요. 무슨 특별한 사연이라도 있어요?"

은주는 잠시 망설였다. 어떻게 설명해야 할까. 4년 전 단 이틀 만난 사람을 이렇게 찾아다닌다고 하면 이상하게 생각하지 않을까.

"예전에 잠시 인연이 있었어요. 그런데 연락이 끊겨

서 궁금해서요."

진석은 고개를 끄덕였다. 더 자세히 묻지는 않았다.

"혹시 뭔가 알게 되면 연락 주세요."

은주는 헤어지면서 진석에게 자신의 핸드폰 번호를
주었다.

진석 덕분에 호텔방을 어렵지 않게 잡았다. 손님
이 없는 시간이라 체크인도 순조로웠다. 체크아웃은
11시였다. 씻고 쪽잠을 서너 시간 잘 수 있었다. 엘리
베이터에 타 지하층을 눌렀다. 편의점에서 급하게 필
요한 물품들을 집어 들었다. 세면도구 세트, 속옷, 스
타킹과 미니어처 위스키 병 하나로 모자랄 것 같아 두
병을 더 담았다. 마지막으로 냉장고에서 얼음 컵을 꺼
냈다. 계산대에서 카드를 내밀며 잠시 얼어붙었다. 편
의점에서 한 번에 이렇게 큰돈을 쓴 적이 없어서 손이
살짝 떨렸다. 돈을 쓸 때마다 죄책감에 시달리는 이유
가 뭘까 가끔은 이런 자신이 싫었다. 대학생 때도 취
업 준비 시절에도 늘 아껴 쓰고 살았다. 남들 다 사는
명품 가방 하나 사본 적 없었다. 10만 원이 넘는 화장

품을 사본 적도 없었다. 늘 나중에 사지 뭐, 라며 지금을 견뎠다. 최근 들어 시위하듯 돈을 썼다. 아깝지 않은 것은 아니었다. 돈을 쓸 때마다 저항감이 생겼지만 모르는 척 눌렀다. 은주는 이제부터 달라지겠다고 다짐했다. 내가 나를 사랑하지 않으면 아무한테도 사랑받지 못한다고 하지 않던가. 지함이 떠난 것도 그래서가 아니었을까. 말도 안 되는 생각을 했다.

작지만 깨끗한 객실이었다. 멀리 해운대 바다가 한눈에 들어왔다. 사위가 훤했다. 눈 내린 겨울 바닷가에 꽤 많은 사람이 모여 있었다. 불과 몇 시간 전에 은주가 만들어놓은 연인의 발자국은 이제 뭉개지고 없을 것이다. 잠을 잘 것이기에 커튼을 단단히 쳤다. 잠시 침대 끝에 걸터앉았다가 이내 욕실로 들어갔다. 욕조 수도꼭지를 틀었다. 뜨거운 물이 콸콸 쏟아졌다. 곧 욕실 전체가 하얀 수증기로 가득 찼다. 거울 표면은 순식간에 뿌옇게 가려졌다.

뜨거운 물이 살갗을 스쳤다. 처음에는 따끔했다. 너무 뜨겁다 싶었지만 이내 몸이 적응했다. 온수를 한참 더 맞았다. 몸 전체가 데워지는 기분이 아니라, 뜨거운 물속에서 삶아지는 기분이었다. 육체적 고통이 정신적 고통을 내리눌렀다. 지함은 늘 샤워를 오래 했다. 뜨거운 물을 세차게 틀어놓고 서 있기를 좋아했다. 은주는 그런 지함을 이해하지 못했었다. 그렇게 오래 샤워를 하고 나오면 지함은 샤워하러 들어가기 전보다 풀어져 있었다. 그가 물 아래 서 있는 동안 대체 무슨 생각을 하는지 늘 궁금했다. 뜨거워 더는 견딜 수 없을 때 수전을 찬물로 돌렸다. 비명이 터져 나올 정도로 물이 차가웠다. 더운물 아래 서 있는 것보다 찬물을 맞는 게 더 고통스러웠다. 은주는 서둘러 샤워를 마치고 두꺼운 호텔 가운을 두른 후 밖으로 나왔다.

발가락에서부터 피로가 스멀스멀 올라왔다. 침대 맞은편 테이블에 편의점 봉투에서 꺼낸 미니어처 위스키병들을 늘어놓았다. 첫 번째 위스키병을 땄다. 편의점에서 산 얼음 컵에 위스키를 따랐다. 한 모금 머금으니 알싸한 향이 코끝으로 치고 올라왔다. 목구멍을 타고 내려가는 뜨거움은 목욕물과 또 다른 느낌이었다. 은주는 호텔방 안을 둘러봤다. 고요했다. 비어 있는 침대가 유난히 넓어 보였다.

지금 지함은 무엇을 하고 있을까. 신혼여행지에서 주희와 즐거운 시간을 보내고 있겠지. 자신 같은 건 완벽하게 잊은 채. 완벽했던 결혼식과 완벽한 신부를 떠올리자 우울해졌다. 은주는 다시 위스키를 따랐다. 술기운이 서서히 올라왔고 은주는 위스키를 홀짝이다가 그대로 테이블에 머리를 박고 잠이 들었다.

어제와 다른 오늘

전화벨에 잠이 깼다. 지독한 두통이 밀려왔다. 숙취에 어지럼증까지 겹쳐 정신이 없었다.

"여보세요?"

목소리가 몹시 쉬어 갈라졌다.

"체크아웃 30분 전입니다. 준비 부탁드립니다."

커튼 틈새로 스며든 햇살이 방 안 공기를 황금빛으로 물들이고 있었다. 눈꺼풀을 들어 올리는 것조차 힘겨웠다. 머리는 납덩이저럼 무겁게 가라앉아 있었고 입안은 모래알처럼 텁텁했다. 싼 위스키 특유의 알싸한 잔향이 시큼하게 호텔 가운 속에 스며들어 있었다.

몸을 돌리자 베개 옆에 엎어진 미니어처 병 몇 개가 덜그럭거렸다.

은주는 겨우 몸을 일으켜 커튼부터 젖혔다. 햇살이 눈을 찔렀다. 어제와 달리 오늘은 날씨가 화창했다. 냉장고에서 생수를 꺼내 한 번에 다 마셨다. 그제야 잠이 좀 깨는 것 같았다. 500㎖ 생수 한 병을 다 마셨는데도 갈증이 사라지지 않았지만 그냥 내버려두었다.

체크아웃까지 30분이 남았다. 서둘러 욕실에 들어가 샤워기를 틀었다. 적당한 온도를 맞추고 샤워를 했다. 어젯밤 너무 뜨거운 물로 샤워를 한 탓에 피부가 붉게 변해서 가렵기도 했다. 은주는 서둘러 샤워를 마치고 호텔에 비치된 남성 기초 제품을 바르는 것으로 화장을 마쳤다.

거울 속에는 낯선 중년 여인이 서 있었다. 은주는 화들짝 놀랐다. 화장하지 않은 자기 얼굴이 이토록 낯설다니. '언제 이렇게 늙었지?' 피부 좋다는 말은 지겹게 들었고 동안이라는 말도 곧잘 들었건만. 다크서클이 심해서 무척 피곤해 보였는데 그것만 가려도 서너 살은 어려 보일 듯했다. 하지만 쿠션조차 없었다. 여성용 화장품이 없을까 하고 방 안을 샅샅이 뒤졌지만 역시나 없었다. 이런저런 이유로 호텔방을 나설 때는 이미 체크아웃 시간이 지나 있었다. 지하 편의점에서 두통약을 사 먹었다. 숙취로 생긴 두통이 심했다. 커피도 마시고 싶었지만 참았다. 방금 약을 먹었기 때문이었다.

　호텔 밖으로 나오자 공기가 확 변했다. 겨울 바닷바람은 차가웠다. 그래도 서울보다는 덜 추웠다. 대신 습기가 바람 끝에 붙어 눅눅하고 살짝 비릿한 냄새가 풍겼다. 밤새 내린 눈은 언제 내렸냐는 듯 거의 녹아 있었다. 해가 비치지 않은 그늘에는 제법 쌓여서 전날 눈이 왔다는 것을 알 수 있었다.

　서울에서는 눈이 내리면 놀이터나 길가에 눈오리나 눈사람을 만들어놓은 걸 자주 볼 수 있었는데 부산에는 전혀 없었다. 눈이 잘 내리지 않아서 눈사람을 만드는 도구가 집에 없을지도 모르겠다는 생각이 들었다.

무작정 서면으로 향했다. 고결이 학창 시절 서면에서 자주 놀았다고 한 말이 떠올랐기 때문이었다. 지하철을 타려고 해운대역으로 가는 동안 은주는 발걸음을 조심스레 옮겼다. 길가에는 녹은 눈이 질척하게 남아 군데군데 웅덩이를 이루고 있었다. 하이힐을 신고 미끄러지기라도 하면 큰일이었다. 은주는 발바닥에 힘주며 걸었다.

4년 전 부산 여행에서 고결이 선물해준 운동화가 떠올랐다. 그 운동화는 깨끗이 빨아 신발장에 고이 넣어두었다. 미봉은 금덩이도 아닌 걸 왜 신지 않고 모셔두느냐고 타박했지만, 은주에게 그 운동화는 곧 고결을 상징하는 물건이었다. 그래서 함부로 신을 수 없었다. 그렇게 아꼈건만 운동화는 어두운 신발장 안에서 조금씩 삭아갔다. 눈처럼 새하얗던 색은 누르스름하게 변했다. 주말마다 운동화를 꺼내 먼지를 닦고 신문지를 넣어서 수분을 날리며 관리했지만 소용없었다. 신지 않는다고 내내 새것처럼 남아 있기를 바라는 건 욕심이었다. 그 사실을 알면서도 운동화가 낡아가는 게 못내 아쉬웠다. 이번 여행에 그 운동화를 신고 왔더라면 어땠을까? 고결을 만나 그 운동화를 신은 모습을 보여준다면 그는 은주가 내내 자신을 생각하고 있었음을 알게 될 텐데. 은주는 걷는 내내 고결이 사준 운동화를 생각했다.

지하철역 안은 밖보다 조금 더 따뜻했다. 플랫폼에 서서 전동차를 기다리다 잠시 바다 냄새 섞인 바람이 스치는 것을 느꼈다. 문득 손이 떨렸다. 흥분과 두려움이 동시에 밀려왔다. 서면에 가서도 고결의 흔적을 찾지 못하면 어쩌지. 불안을 잠시 잠재운 것은 지하철이 들어온다는 안내 음성이었다. 은주는 지하철이 도착하자 조용히 올라탔다. 빈 좌석이 많았다. 부산의 겨울은 그렇게 여유로웠다. 은주는 자리에 앉아 핸드폰을 꺼냈다. 사용을 안 해서인지 배터리는 아직 남아 있었다. 액정이 깨져 시커멓게 갈라진 화면 사이로 여러 통의 부재중 전화가 찍혀 있었다. 모두 미봉이 건 것이었다. 문자도 와 있었지만 잘 보이지 않았다. 은주는 문자 읽기를 그만두고 오늘 밤 늦게 들어갈 것 같다고 답을 보냈다. 어젯밤 친구 집에서 잤다는 말도 덧붙였다. 맞춤법에 맞게 잘 썼는지는 확인할 수 없었

지만 대충 의미는 전달될 것이다. 그리고 핸드폰을 닫
았다.

눈을 감았다. 새벽에 마신 술이 다 깨지 않아서 몸이
괴로웠다. 두통이 가라앉지 않아서 두통약을 한 알 더
먹었다. 그리고 다시 눈을 감았다. 전동차가 흔들리며
서면역을 향해 달려갔다. 은주의 가슴도 그렇게 조용
히 뒤흔들리고 있었다.

서면역 3번 출구로 나서자 찬 겨울 공기가 얼굴을
감쌌다. 지난밤 쌓인 눈이 반쯤 녹아 있었다. 양지쪽
인도는 젖은 아스팔트가 반질거렸고 그늘진 화단 밑
에는 회색 눈 더미가 언 채로 눌려 있었다. 은주는 하
얀 입김을 내뿜으며 인도를 따라 걸었다. 서면은 낮에
도 꽤 혼잡했다. 사람들은 모두 빠른 걸음으로 어딘가
를 향해 갔지만 은주는 딱히 갈 곳이 없어 더 천천히
걸었다. 이 길을 고결과 걷는다고 생각하니 가슴이 설
렜다.

배에서 꼬르륵 소리가 났다. 그제야 아침은커녕 점
심도 먹지 않은 게 떠올랐다. 스트레스가 심해서인지

식욕은 전혀 생기지 않았다. 그래서 커피나 편의점에서 파는 당이 많이 들어간 음료수만 마셨다. 이번 기회에 다이어트를 해볼까 싶었다. 마흔이 된 후로 복부에 군살이 자꾸 붙는 게 여간 신경 쓰이는 일이 아니었다. 은주는 여전히 매력적인 여성이고 싶었다. 사실 지함의 사랑을 맹신했던 탓에 외모를 소홀히 한 것도 있었다. 눈앞이 하얘지면서 몸에서 힘이 빠졌다. 아무래도 저혈당이 온 듯했다. 싫어도 뭔가를 챙겨 먹어야 했다. 방금 다이어트를 결심한 것이 무색하게 식당을 찾았다.

분식을 먹기로 했다. 4년 전 여행에서도 오전 내내 잠을 자고 고결과 밖에 나와서 분식집에 갔었다. 이상한 점은 그날 주량 이상으로 많이 마셨는데 숙취가 거의 없었다는 것이다. 해물라면, 산낙지 등 안주가 좋아서였는지, 좋은 사람과 마셨기 때문이었는지 그 미스터리는 밝혀지지 않았다. 은주는 그때처럼 우동과 김밥을 먹기로 식당에 들어서기 전부터 마음을 정했다.

골목길을 천천히 걸었다. 분식집은 쉽게 눈에 띄지

않았다. 골목에 하나씩은 있기 마련인데 일요일이라 문을 닫은 집이 많았고 아예 장사를 접은 듯한 곳도 있었다. 은주는 차가운 길을 한참이나 헤맨 끝에 작은 분식집을 찾았다. 심플하지만 세련된 간판만 봐도 학생들이 좋아할 맛집처럼 보였다. 좁은 가게 안에는 학생들로 가득했다. 따끈한 어묵 국물 냄새가 식욕을 자극했다. 은주는 구석 테이블에 앉았다.

"혼자세요?"

주인아줌마가 반갑게 맞아줬다. 은주는 생각한 대로 우동과 김밥을 시켰다. 혼자였지만 앞에 고결이 앉아 있는 것 같았다. 학생들의 정다운 사투리가 과거 그날을 상기시켜줬기 때문이었다. 그가 건네던 따뜻한 시선, 물끄러미 바라보던 황갈색 눈동자를 그날 이후로 한 번도 잊은 적이 없었다. 그런데 지금 은주의 머릿속에 있는 얼굴이 진짜 고결일까. 은주가 상상해서 만든 가상의 얼굴일지 모른다. 그렇다고 해도 변하는 건 없었다. 고결만 만나면 다 해결될 문제였다.

우동 국물을 한입 삼키고 나니 슬며시 눈물이 고였다. 약해지는 마음을 다잡으려 애썼다. 이 골목을 건고 이 음식을 먹는 것조차 거스를 수 없는 필연처럼 느껴졌다. 식사를 마친 은주는 계산을 하고 가게를 나섰다. 주인아줌마가 은주의 등에 대고 걱정스럽게 혼잣말을 했다.

"아무리 부산이 따뜻해도 옷이 너무 얇다."

예정에 없던 여행이었다. 사실 여행보다는 미봉을 피해 도망쳐 나온 거였다. 전 남친 결혼식에 간다고 형편에 맞지 않게 백화점에서 코트를 비싸게 주고 샀다. 이월 상품으로 50% 할인이었지만 은주에게는 부담되는 돈이었다. 코트 안에는 기모가 들어간 트레이닝 바지와 목이 쇄골까지 늘어난 티셔츠를 입고 있었다. 거기에 하이힐이라니. 꼴이 꽤나 우스웠다. 은주는 지금 자신의 행색이 새삼 부끄러웠다. 일단 옷부터 사야겠다.

서면은 번화한 지역이었고 쇼핑할 곳도 많았다. 가장 마음에 드는 가게로 들어갔다. 평소라면 허리 벨트가 달린 와인 컬러 패딩을 골랐을 것이다. 하지만 점원이 권한 크림색 쇼트패딩을 잡았다. 입어보니 얼굴이 훨씬 환해 보였다.

"고객님, 진짜 어려 보이세요."

점원의 칭찬에 은주는 살짝 기분이 좋아졌다. 결국 블랙 일자 슬랙스에 베이지 폴로티 그리고 허리를 잡아주는 크림색 쇼트패딩을 샀다. 기본인 옷들이라 앞으로도 잘 입을 듯했다. 구입한 옷으로 전부 갈아입었다. 거울을 보니 얼굴이 사뭇 산뜻해지고 어려 보였다. 밝은색 옷이 이렇게 화사한 효과가 있는지 처음 알았다. 노 메이크업 상태라 피부가 칙칙해 보였다. 화장을 했더라면 좋았을 거라는 생각이 잠시 들었다.

점원이 원래 입었던 옷을 포장해주겠다고 했는데 은주는 거절했다. 점원이 코트가 새것 같은데 버릴 거냐고 물었다. 은주는 주머니에서 수표가 든 봉투를 빼내고 다시 점원에게 코트를 줬다.

"그냥 버려주세요. 제 몸에는 안 맞아서요."

점원이 놀란 듯 쳐다봤지만 은주는 고개를 돌려버렸다. 더는 자신과 어울리지 않는 옷을 입고 싶지 않았다.

하이힐은 슬랙스에 잘 어울렸다. 그래서 하이힐은 그대로 신을까 고민도 했지만, 여기는 고결과의 추억이 있는 부산이니까 운동화로 갈아 신기로 했다. 신발 가게를 찾기 시작했다. 신발을 바꿔 신기로 마음먹으니 발이 욱신거리고 아파 왔다. 골목 귀퉁이에 서서 하이힐을 벗고 살펴보니 물집이 잡히고 까져서 발이 상처투성이였다. 마음 아픈 데 정신을 쓰느라 몸이 아픈 걸 미처 돌보지 못했다. 이 발로 도대체 어떻게 걸어 다녔는지 모르겠다. 하이힐을 신고 눈밭으로 변한 해운대를 걷고 언덕을 올랐다. 어떻게 통증을 거의 느끼지 못했는지 모르겠다. 상처를 확인하고 났더니 하이힐에 발을 집어넣기도 힘들 만큼 아팠다. 발도 많이 부어 있었다.

하이힐을 구겨 신고 겨우 근처 편의점으로 들어갔다. 밴드와 연고를 샀다. 편의점 테이블에 앉아서 발에 연고를 바르고 밴드를 붙였다. 혹시 사람들이 보고 혐오스러워할까 봐 눈에 띄지 않으려 몸을 잔뜩 웅크리고 그 일을 마쳤다. 편의점에서도 운동화를 팔면 좋을 텐데 슬리퍼만 있었다. 슬리퍼를 사서 신고 하이힐은 휴지통에 버렸다. 밖에 나왔더니 슬리퍼를 신은 발이 시려 아까와는 또 다른 고통이 느껴졌다. 고결이 있었다면 그의 팔을 빌려줬을 텐데. 그런 생각이 들자 그리움이 더 깊어졌다. 눈에 보이는 아무 신발 가게에 들어가 가장 평범한 운동화를 샀다. 그리고 신발 가게에 슬리퍼를 버리고 나왔다. 신발이 편하니까 발이 덜 아팠다. 걷는 게 너무 편했다.

진석에게 만나자는 전화가 왔다. 전화를 끊고 서둘러 약속 장소로 향했다. 진석이 알려준 해변가의 한 카페 테라스에 앉아 바다를 바라보고 있었다.

"죄송합니다. 제가 좀 늦었죠?"

어깨에 작은 가방을 멘 진석이 밝게 웃으며 다가왔다. 그는 감자탕집에서보다 훨씬 편안한 표정이었다.

"아니에요. 저도 방금 왔어요."

가볍게 미소 지으며 답했다. 종업원이 다가와 주문을 받았다. 은주는 뜨거운 커피를 시켰고 진석은 따뜻한 유자차를 부탁했다.

"고결이 형을 알 만한 사람들한테 여기저기 연락을 돌려봤어요. 근데 형이랑 연락하는 사람이 아무도 없더라고요. 바뀐 핸드폰 번호를 아무도 몰라요. 아무래도 작정하고 잠수 탄 것 같아요."

"진짜 연락처 아는 사람이 아무도 없어요?"

진석이 죄송하다며 그렇다고 답했다.

"화재 사건 취재한 기자님한테도 연락해봤어요. 여기는 지방이라 한 다리 건너면 다 알고 그러거든요. 근데 기자님도 가수들 행방은 모르더라고요."

"그러면 고결 씨는 영영 못 찾는 건가요?"

몹시 실망하자 진석은 어쩔 줄 몰라 했다. 마침 주문한 음료가 나왔다. 진석은 차를 한 모금 마신 뒤 잠시 생각에 잠겼다.

"아, 혹시 유튜브는 확인해보셨어요?"

"유튜브요?"

"요즘 인디 뮤지션들 거의 다 유튜브 하거든요. 유명하지 않아서 노출이 안 돼도 많이들 하고 있어요. 고결이 형도 했을 수 있지 않을까요?"

은주는 눈이 커졌다. 왜 그 생각을 지금까지 못 했는지 모르겠다. 서둘러 핸드폰을 꺼냈다. 하지만 깨진 화면으로 검색하는 건 무리였다.

"제 핸드폰으로 같이 봐요."

진석이 검색창에 고결의 이름을 입력했다. 곧바로 영상 여러 개가 목록에 떴다. 고결이 유튜브를 하고 있었다. 화면 속 작은 섬네일들은 마치 고결에게 가닿는 길을 안내하는 조각들처럼 보였다. 심장이 불안하게 고동쳤다. 마치 오래된 보물지도를 펼쳐 든 탐험가처럼 한 치 앞을 알 수 없는 미지의 세계로 발을 들이는 기분이었다.

가장 상단에 올라와 있는 영상을 재생했다. 섬네일은 '구독자 1천 명 돌파'였다. 업로드 날짜는 2년 전이었다. 고결의 얼굴이 화면 가득 나타났다. 평소보다 훨씬 진지한 표정이었다.

"안녕하세요. 좋은 소식 알려드려요. 제 채널의 구독자가 천 명을 넘겼습니다."

진지하던 고결이 해사하게 웃었다. 웃는 모습이 사랑스러웠다.

"제 채널을 구독해주시고 응원해주신 모든 분께 진심으로 감사드려요. 구독자 만 명, 10만 명이 될 때까지 저와 함께해주실 거죠?"

고결의 목소리에 묘한 떨림이 있었다.

"조만간 새 영상 들고 다시 찾아뵐게요. 그럼 안녕히 계세요."

고결의 채널 구독자는 여전히 1천 명대였다. 구독자가 1천 명이 되었다고 이렇게 좋아하던 고결이 갑자기 영상을 안 올리는 게 이상했다. 진석은 뭔가를 아는 눈치였다.

"날짜를 보세요. 화재 나기 2주 전에 올라온 영상이에요."

가슴이 서늘해졌다. 화재 때 무슨 일이 생긴 게 분명했다. 진석이 한숨을 쉬고 중얼거렸다.

"형, 어딨어."

은주는 고개를 흔들었다. 그녀는 더욱 초조해졌다. 빨리 고결을 찾고 싶었다. 은주가 말했다.

"다른 영상들도 살펴봐요."

진석이 은주의 말에 동의했다.

"알겠어요. 혹시 더 구체적인 단서가 있을지도 모르니까요."

은주는 마지막일지도 모르는 희망의 끈을 놓을 수 없었다. 그들은 계속해서 영상들을 확인했다. 댓글까지 꼼꼼히 살폈지만 거주지에 대한 단서는 없었다. 대부분 음악 관련 내용이었고, 가끔 일상을 담은 브이로그가 있었다. 진석이 '골목 이야기'라는 제목의 브이로그를 재생했다. 황량한 산동네의 풍경이 펼쳐졌다. 좁은 골목길 양옆으로 낡은 주택들이 줄지어 서 있었다. 장면이 바뀌었다. 고결이 작은 이동식 의자에 앉아 기타를 꺼내 들었다. 그는 천천히 줄을 튜닝한 뒤 조용히 노래를 시작했다. 목소리는 낮고 담담했지만, 그 안에는 무언가 오래된 상처가 아물지 못한 채 남아 있었다.

노래가 끝나고 화면은 조용히 그의 뒤편을 비췄다. 오래된 집 한 채가 카메라 안으로 서서히 들어왔다.

"이 집이 제가 열한 살까지 살았던 곳이에요. 아버지와 함께 살았던 곳이죠."

고결의 목소리가 잠시 멈췄다가 다시 이어졌다.

"초등학교 3학년 가을이었어요. 그때 저는 기타가 너무 갖고 싶었어요. 친구들이 학원에서 배우는 걸 부러워하며 아버지에게 사달라고 졸랐죠. 며칠 뒤 아버지가 어딘가에서 낡은 기타를 주워 오셨어요. 줄은 모두 끊어져 있었고 군데군데 긁히고 찍힌 자국이 가득했어요. 저는 기타를 거들떠보지도 않았어요. 다음 날 아침, 눈을 떠보니 머리맡에 기타가 놓여 있었어요. 전날 아버지가 주워 오신 바로 그 기타였죠. 낡고 흠집 많던 몸체는 말끔히 닦여 있었고 끊어졌던 줄도 새 것으로 바뀌어 있었어요. 그제야 알았어요. 아버지가 밤새 손수 손질하셨다는 걸요."

그는 잠시 말을 멈췄다.

"그게 제 인생의 첫 번째 기타였습니다."

카메라는 천천히 집 주변을 훑었다. 고결은 마지막으로 그곳을 눈에 담으려는 것 같았다. 그때 화면에 핑크색 지붕의 고건물이 잡혔다.

"너무 예쁘다."

무심결에 혼잣말이 튀어나왔다.

"저건 성당이에요."

진석이 말했다.

"성당이요?"

"부산에서 꽤 유명한 성당인데요, 은하수 마을에 있어요. 고결 형이 저기서 살았는지는 몰랐네요."

은주의 눈빛이 번쩍였다. 은하수 마을, 하고 속으로 되뇌었다. 정말 아름다운 마을 이름이었다.

"고결 씨가 아직 저기 있을까요?"

"아까 봤잖아요. 형은 그냥 옛날 생각이 나서 어린 시절을 보낸 곳에 잠시 촬영차 간 거예요."

은주는 상심한 표정을 숨길 수 없었다. 거의 다 왔다고 생각했는데 아니었다. 도대체 고결은 어디에 있는 것일까.

두 사람은 남은 영상도 끝까지 확인했다. 그러나 고결의 현재 거주지나 연락처에 대한 단서는 더 이상 나오지 않았다. 한참을 말없이 앉아 있다가 진석이 조심스럽게 입을 열었다.

"영상은 여기까지예요. 고결 형이 지금 어디 있는지는 알 수 없네요."

은주는 무언가 안쪽에서 허물어지는 기분이었다. 이렇게까지 찾아왔는데 결국 닿을 수 없는 걸까. 진석이 안타까워하며 말했다.

"정말 아쉽네요."

은주는 화면 속 철거를 앞둔 집의 대문을 오래도록

바라보았다. 그 집에 아직 고결이 남아 있을 것만 같았다.

"진석 씨."

"네?"

"저 집에 직접 가보고 싶어요."

"가도 형은 없어요."

"알아요. 고결 씨가 어렸을 때 살았던 곳이잖아요. 그것만으로 충분해요."

진석은 말없이 고개를 끄덕였다.

"그렇게 해요."

진석이 은주와 같이 가려고 몸을 움직였다. 은주는 혼자서 가겠다고 똑 부러지게 말했다. 진석은 기꺼이 은주의 의견을 따라주었다.

"택시를 타서 은하수 마을 입구에 가달라고 해요. 지대가 워낙 높은 데다 돌계단이 많아서 안쪽까지는 차가 못 들어가요. 걸어서 올라가야 해요."

"진석 씨, 정말 고마워요."

"별말씀을요."

그들은 카페 앞에서 헤어졌다. 이제 정말 혼자였다.

차가운 바람이 볼을 스쳤다. 패딩 지퍼를 목까지 올리고 손을 들어 택시를 잡았다.

운명

택시가 멈춘 곳은 아득히 높은 계단 앞이었다. 기사
는 여기서부터는 걸어가야 한다고 했다. 차 문을 열고
내리자 차가운 겨울 공기가 폐부를 찔렀다. 은주는 성
당을 찾아서 터벅터벅 돌계단을 오르기 시작했다. 돌
계단은 소약돌처럼 반실반질 닳아 있었다. 은하수 마
을은 철거를 앞둬 인기척이라곤 거의 느껴지지 않았
다. 한참 계단을 오르디기 숨이 차서 밈춰 있다. 뒤돌
아보고 생각보다 계단을 얼마 오르지 않은 것을 알고
놀랐다. 액정이 깨지지 않았다면 지도 앱을 열어 계단

을 얼마나 더 올라야 하는지 바로 알아봤을 것이다.
하지만 지금은 정확한 방향조차 모른 채 그저 걸을 수
밖에 없었다. 이 아날로그적인 추적은 그녀에게 자신
이 얼마나 자주 길을 잃는 존재인지 깨닫게 했다.

4년 전 겨울, 고결이 물었었다.
"특별히 가보고 싶은 관광지 있어요?"
여행 2일 차였고 그날 밤 마지막 기차를 타고 서울
로 올라가는 일정이었다. 그리고 시간은 오후 1시가
넘었다. 은주는 카페에 들러 차를 마시거나 해운대 근
처를 걷다가 돌아갈 생각이었다. 그런데 고결이 꼭 보
여주고 싶은 곳이 있다고 해서 같이 가기로 했다.
고결의 바이크는 빠르게 부산의 도로를 달렸다. 엔
진 소리가 차가운 공기를 가르며 울렸다. 오후 늦게
해동용궁사에 도착했다. 고결이 입구 근처 노점에서
갓 구운 씨앗호떡 두 개를 사 왔다. 김이 모락모락 피
어오르는 호떡을 받아 들고 한입 베어 물었다. 입안이
얼얼할 정도로 꿀이 달았다. 단맛은 금세 사라졌고 해
바라기씨는 씹을수록 고소했다. 은주는 입가에 꿀을

묻힌 줄도 모르고 호떡을 먹었다. 고결이 은주의 입가를 엄지손가락으로 닦아주었다. 거부감이라곤 전혀 없이 부모가 자식에게 하듯이 애정이 충만했다. 은주는 민망함과 고마움을 숨기려 미소 지었다. 고결은 그런 은주를 귀엽다는 듯이 쳐다보았다.

둘은 말없이 계단을 따라 천천히 내려갔다. 사찰은 바닷가 절벽 위에 위태롭게 지어져 있었다. 파도가 바위에 부딪힐 때마다 물보라를 튀기며 대웅전이 흔들리는 듯했지만 고결과 함께여서인지 전혀 무섭지 않았다. 대웅전 앞 바위에 이르자 고결은 멀리 수평선을 바라보며 잠시 멈춰 섰다. 은주도 그의 곁에 나란히 섰다. 고결이 낮은 목소리로 말했다.

"저 바다를 보면 끝이 없잖아요. 그 넓이를 보고 있으면 지금 겪는 힘든 일도 언젠가는 지나갈 거라는 생각이 들어요. 현실이 아무리 고통스러워도 여기 서 있으면 그걸 견딜 힘이 생겨요."

그의 말 속에는 쓸쓸함과 단단함이 함께 배어 있었다. 고결이 고개를 돌려 은주를 바라봤다. 그 시선에서 은주는 따뜻함을 느꼈다. 은주가 타인에게 가족 이야기를 가감 없이 할 수 있었던 것은 고결의 그 따뜻함 때문이었다. 고결은 조용히 귀 기울여주었다. 은주가 이야기를 다 마치자, 고결이 은주의 어깨를 토닥여주었다. 그때 은주는 말로 설명할 수 없는 위로를 받았다.

"은주 씨는 정말 가족들한테 최선을 다했어요. 하기 싫으면 안 해도 괜찮아요. 아무도 은주 씨를 비난할 자격 없어요."

그 말에 은주는 고결의 품에 기대어 울었다. 왜 우는지도 모른 채 그저 울었다. 아마도 오랜 시간 안에 쌓여 있던 무언가가 폭발한 것이리라.

지평선 너머로 노을이 바다를 붉게 물들였다. 해는 지평선 끝으로 천천히 내려앉고 그 너머로 고층 건물의 불빛들이 하나둘 켜지기 시작했다. 세상은 서서히 으스름한 빛에 잠기고 있었다. 두 사람은 말없이 그 시간 속에 함께 머물렀다.

고결은 동료와 공연 시간을 바꾸고 은주를 부산역에 데려다주었다. 기차 시간이 남아 두 사람은 따뜻한 베르가모트 향 홍차를 마시며 대화를 나누었다. 이런 저런 이야기를 나누다 보니 어느새 마지막 기차 시간이 가까워졌다. 은주는 그때처럼 시간이 빨리 흐른 기억이 없었다. 시간이 유수처럼 흐른다는 말이 실감 나는 순간이었다.

플랫폼에 서서 기차를 기다리는데 고결이 나지막이 허밍을 했다. 멜로디가 무척 아름다웠다. 은주가 무슨 노래냐고 묻자 구창모의 〈희나리〉라는 답이 돌아왔다.

"내 귀에 대고 작게 불러줘요. 가사가 알고 싶어요."

은주의 요청에 고결이 목청을 가다듬고 노래를 불렀다. 애절하면서도 쓸쓸한 멜로디가 플랫폼에 낮게 깔렸다. 그는 나지막이 노래 가사를 읊조렸다. "사랑함에 세심했던 나의 마음이 그렇게도 그대에겐 구속이었소." 은주는 처음 듣는 노래익 아름다움에 취해 있었다. 멜로디와 가사가 마음속 가장 깊은 곳을 울렸다.

서울행 마지막 기차가 플랫폼에 육중한 소리를 내며 들어섰다. 은주는 급하게 시계를 확인했다. 고결은 그녀를 물끄러미 바라보았다. 기계음이 플랫폼에 울려 퍼졌다.

"지금 서울행 마지막 열차 KTX 4015 차량이 들어오고 있습니다. 승객 여러분께서는 안전을 위해 한 걸음 뒤로 물러서주시기 바랍니다."

은주에게 순간적인 불안감이 밀려왔다. 이대로 고결과 연락처도 없이 영원히 이별할 수도 있다는 절박함이었다. 고결을 봤다. 그의 눈빛에서 더 이상 망설일 수 없는 간절함이 느껴졌다. 고결이 조심스럽게 물었다.

"은주 씨, 핸드폰 번호 물어봐도 될까요?"

은주의 심장이 쿵 하고 내려앉았다. 그의 목소리는 잔잔한 파도처럼 은주의 귓가를 스쳤다. 번호를 알려주면 바로 저장할 생각인 듯 그는 손에 쥔 핸드폰을 놓지 않고 있었다. 그의 시선은 은주의 눈동자에 고정되어 있었다. 그 속에는 숨길 수 없는 기대감이 일렁였다.

"어쩌죠. 전 핸드폰이 없는데요."

그 순간 은주의 얼굴은 시뻘겋게 달아올랐다. 뜨거

운 불길이 뺨을 타고 목덜미까지 번지는 듯했다. 요즘 세상에 핸드폰 없는 사람이 어디 있다고, 이런 뻔한 거짓말을 서슴없이 내뱉는 자신이 너무나 가증스러워 당장이라도 쥐구멍에 숨고 싶었다. 고결은 잠시 당황한 듯했지만 이내 부드러운 미소를 지었다.

"아, 핸드폰이 없으시구나. 잠시만요."

그는 주머니에서 펜을 꺼내 마시고 내려놓았던 홍차 컵을 집어 들었다. 그는 종이 홀더를 컵에서 순식간에 벗겨냈다. 홀더 한쪽에 자신의 번호를 다급하게 눌러 적었다. 홀더를 접어 모서리를 찢어내 정교한 작은 꼬리표로 만들었다. 고결은 그 꼬리표를 은주에게 내밀었다.

"내 번호예요. 언제든 연락해요."

은주의 가슴속에서는 죄책감과 거부할 수 없는 이끌림이 동시에 일어났다. 이 남자를 밀어내는 것이 과연 옳은 일일까. 하지만 그녀에게는 그래야만 하는 분명한 이유가 있었다.

"어서 받아요."

꼬리표를 받으려 손을 뻗자, 그의 손이 은주의 손가

락에 닿았다. 은주는 온몸의 감각이 곤두서는 것을 느꼈다. 그녀는 꼬리표를 받아 곱게 접어 카드지갑 깊숙이 꽂아 넣었다. 마치 귀한 보물을 숨기듯 조심스러웠다. 그때 방송이 다시 흘러나왔다.

"서울행 마지막 열차 KTX 4015 차량이 곧 출발합니다. 지금 바로 승차하여주십시오."

고결은 다급하게 말했다.

"제가 서울 올라가면 우리 다시 만날 수 있어요?"

고결의 목소리에는 간절함이 가득했다. 그것은 애원과도 같았다. 은주는 그의 시선을 피했다. 다시 만나도 될까. 이토록 강렬한 끌림을 언제까지 거부할 수 있을까. 고결과 만나다가 들켜서 지함과 헤어지게 되는 건 싫었다. 고결과의 만남이 은주의 삶에 어떤 파장을 불러일으킬지 그녀는 예측할 수 없었다. 은주는 결정을 내려야 했다. 그리고 정했다. 그녀는 더는 고결을 만나지 않기로 마음먹었다. 우리 더는 만나지 말아요. 좋은 추억으로 간직해요, 라고 말하려고 했다. 그런데 은주의 입에서는 전혀 엉뚱한 소리가 나왔다.

"좋아요. 우리 다시 만나요."

은주는 걸음을 멈췄다. 메모지에 적힌 주소를 봐도 좁은 골목 어디가 어디인지 알 수 없었다. 핑크색 지붕의 작은 성당만 찾으면 고결의 집도 어렵지 않게 찾을 수 있을 텐데, 성당은 좀처럼 모습을 드러내지 않았다.

조금 떨어진 계단 아래에서 한 남자가 카메라를 들고 무언가를 찍고 있었다. 반쯤 녹은 눈 위로 고양이 발자국이 이어졌고 그 곁에 길고양이를 위한 작은 상자 하나가 놓여 있었다. 바람을 막기 위해 덧댄 헝겊이 살짝 들려 있었다. 상자 안은 비어 있었다. 남자는 한참 앵글을 조절하다 셔터를 눌렀다. 은주는 조심스럽게 다가가 말을 걸었다.

"저, 혹시 이 근처 잘 아세요?"

남자가 고개를 돌렸다. 단정한 니트 차림의 그는 서른 초중반쯤 되어 보였다. 맑고 투명한 눈빛을 보면 나쁜 사람 갖진 않았다.

"어디 찾으시는데요?"

은주는 메모지를 내밀었다.

"이 주소를 따라왔는데, 아무리 돌아봐도 찾는 건물이 안 보여서요."

남자는 주소를 눈으로 더듬더니 미간을 살짝 찌푸렸다.

"저도 여행자라 주소로는 잘 모르겠는데요."

"핑크색 지붕이라 바로 보일 줄 알았는데."

은주는 혼잣말했다. 잠시 골목 쪽을 바라보던 그가 환하게 웃었다.

"혹시 성당 찾으시는 거예요?"

은주가 고개를 크게 끄덕였다.

"그럼 거의 다 오셨어요. 저도 그 성당 보러 왔거든요. 지금 거기 사진 찍고 내려오는 길이에요."

그는 손에 든 카메라를 들어 보이며 성당 방향을 가리켰다.

"이쪽으로 가보세요. 지붕 색이 예뻐서 멀리서도 금방 눈에 띄거든요."

"진짜요? 정말 감사해요."

남자는 조용히 웃었다. 은주가 물었다.

"길고양이 보셨어요?"

"보지는 못했고요. 성당 옆 담벼락 아래에 고양이 발자국이 찍혀 있어서 동영상 찍으면서 여기까지 따라온 거예요. 그 녀석 집이 여긴가 봐요."

그는 카메라를 내려놓고 주머니에서 슈퍼에서 흔히 볼 수 있는 소시지를 꺼냈다. 껍질을 벗긴 알맹이를 상자 안에 조심스럽게 넣었다.

"촬영 다니다 보면 길고양이들 종종 보거든요. 그때 주려고 가지고 다녀요."

은주는 그를 잠시 바라보았다. 길을 헤매며 난감했던 마음에 어쩐지 따뜻한 기운이 스며들었다. 남자는 짧게 고개를 숙이며 웃었다.

"성당은 바로 위예요. 금방 찾으실 거예요."

은주는 가볍게 인사하고 발걸음을 옮겼다.

성당을 찾자 고결의 집도 바로 찾을 수 있었다. 넓지 않은 대지 위에 조립식 패널로 지어진 작고 허름한 집이었다. 이토록 황량한 곳에서 어린 시절을 보냈다는 사실에 은주의 가슴이 저릿하게 아파 왔다. 그의 영상에서 느껴졌던 예술적 감성과는 너무나 이질적인 풍경이었다. 곧 사라질 운명에 처한 이곳처럼 고결과의 연결 또한 어디로 가야 할지 모르는 채 위태롭게 끊어져 있었다.

은주는 한동안 그 자리에 뿌리내린 듯 서 있었다. 시선을 들어 주변을 둘러보며 문득 고결의 원룸에서 보았던 그림들을 떠올렸다. 생기 넘치는 푸른 색채로 가득한 바다 풍경, 생동감 있는 사람들의 모습, 따뜻한 햇살이 스며든 방의 정경 등 그가 그려낸 세상은 이 메마르고 쓸쓸한 현실과는 너무나 달랐다. 화려한 색채로 물든 그림 속 풍경들은 고결이 현실을 벗어나 닿고자 했던 이상향이었을 것이다.

집에 사람이 사는 흔적이 보였다. 창가에 형광등 불빛이 보였고 생활 소음도 들렸다. 현관문 옆에 기저귀가 가득한 쓰레기봉투가 놓여 있었다. 앞마당 한쪽에 세워놓은 유모차도 눈에 띄었다. 은주는 숨을 들이켰다. 아까 카페에서 진석과 같이 본 영상에서는 이곳이 빈집이었다. 그 영상은 2년 전에 찍은 것이었다. 다들 이주 가는 마당에 누가 새로 들어온 것일까. 여기에는 누가 살고 있을까. 혹시 고결이 사는 건 아닐까? 현관문을 조심스럽게 두드렸다. 목소리가 쉽게 나오지 않아 마른침을 삼킨 뒤 겨우 입술을 열었다.

"여기요."

나직한 부름은 차가운 바람에 흩어져 허공으로 사라질 뿐이었다. 은주는 망설임 끝에 문을 더 세게 두드렸다. 낡고 녹슨 철문이 파열음을 냈다.

"아무도 안 계세요."

은주의 목소리가 텅 빈 골목에 메아리로 되돌아왔다. 다시 한번 문을 두드렸다. 삐걱거리는 소리와 함께 현관문이 안쪽으로 스르륵 열렸다. 고결의 모습을 그리며 은주는 숨을 깊이 들이켰다. 그러나 문틈으로 얼굴을 내민 것은 고결이 아니었다. 앳된 얼굴의 여자가 문 앞에 서 있었다. 막 잠에서 깬 듯 부스스한 머리칼에 헝클어진 잠옷 차림이었는데 흐릿한 불빛 아래 드러난 그녀의 얼굴에는 낯선 이에 대한 경계심과 깊은 피로가 겹쳐 있었다. 집 안에서 아기의 칭얼거리는 소리가 희미하게 새어 나왔다. 고결이 살고 있지 않다는 것을 알게 되자 머릿속이 순식간에 하얗게 비워졌다.

현관문 너머의 여자는 눈을 가늘게 뜨고 은주를 훑어보았다. 불청객의 침입에 대한 본능적인 날카로움이 그녀의 눈빛에 스쳤다.

"누구세요?"

여자의 목소리는 차갑고 단호했다. 피곤에 지쳐 누군가를 배려할 최소한의 에너지도 남아 있지 않은 듯했다. 은주는 마른침을 삼켰다. 목울대가 조여들었다.

"누구 찾아왔는데요?"

아기 울음소리가 점점 커지자 여자의 미간이 더욱 찌푸려졌다. 여자가 다시 은주를 몰아붙였다.

"강고결 씨요."

은주는 자신도 모르게 이름을 말했다.

"죄송해요. 아무래도 잘못 찾아온 거 같아요."

여자의 얼굴에 옅은 미소가 떠올랐다가 이내 사그라졌다. 억지로 웃으려다 실패한 표정이었다. 은주가 돌아가려고 하자, 여자가 붙잡았다. 은주를 잡아놓고 여자는 한참을 가만히 있었다. 어색한 침묵이 흘렀다. 이내 그녀는 문을 활짝 열며 말했다.

"강고결 집 맞아요. 추운데 어서 들어오세요."

은주는 그 자리에 못 박힌 듯이 서 있었다. 예상치 못한 현실의 충격에 모든 감각이 마비된 듯했다.

"빨리 들어오시고 문 좀 닫아주시겠어요? 아기가 추울까 봐요."

은주는 재빨리 집 안으로 들어가 현관문을 닫았다. 여자는 울고 있는 아기를 능숙하게 안아 올렸다. 아기는 엄마 품에서 몇 번 칭얼거리더니 이내 까르르 웃어 댔다. 그 맑은 웃음소리가 낡은 집 안을 가득 채우는 듯했다. 여자는 숙련된 솜씨로 아기를 아기띠에 둘러 맸다. 아기는 엄마 등에 업히자마자 조용해졌다.

"잠투정을 하네요. 업고 있으면 금방 잠들어요."

여자의 손이 자유로워졌다. 그녀는 바닥에 아무렇게나 깔려 있던 담요를 밀치며 은주에게 앉으라고 권했다. 앉자마자 바닥에서 올라오는 따뜻함이 온몸으로 번져갔다. 차가운 바람에 얼어 있던 발끝이 천천히 녹아내렸다.

집 안은 생각보다 더 소박했다. 아니 소박하다기보다는 그냥 아무것도 없었다. 가구라 할 만한 것은 보이지 않았다. 아기용품과 옷가지 그리고 정체 모를 짐

들이 상자에 담겨 벽 한편에 쌓여 있었다. 언제든 떠날 채비가 되어 있는 듯 보였다. 집이라기보다는 임시 거처 같았다.

책상 위에 놓인 가족사진이 은주의 눈에 들어왔다. 아기를 안고 환하게 웃는 고결의 모습이 두 눈 가득 스며들었다. 그의 곁에서 따뜻한 미소를 짓고 있는 여자는 젊고 아름다웠다. 완벽한 가족사진이었다. 짐 더미 사이로 낡은 이젤이 처박혀 있었다. 이젤 위에는 도화지 한 장이 위태롭게 끼워져 있었다. 빛이 잘 닿지 않는 그림자 속에서 도화지에 스케치된 그림이 보였다. 긴 머리의 여자가 어딘가를 응시하는 듯한 옆 모습이었다. 그런데 이상했다. 보면 볼수록 그림 속의 여자가 자신을 닮은 듯했다. 저 여자가 그의 아내일 텐데, 이런 착각을 한 스스로가 우스웠다. 은주는 그 생각을 떨쳐내듯 그림에서 눈을 돌렸다. 그리고 분위기를 전환하려고 여자에게 물었다.

"딸이에요?"

아기를 어르며 여자가 대답했다.

"아들이에요."

"아빠를 닮아서 정말 잘생겼네요."

속에서 뜨거운 것이 치밀어 오르는 느낌에 은주는 입을 다물었다. 애써 여자의 시선을 외면했다. 그렇게 마음을 다잡지 않으면 속절없이 무너져 내릴 것만 같았다.

"뭐 좀 드시겠어요?"

은주는 아무것도 먹고 싶지 않았지만 여자가 민망할까 봐 아무거나 달라고 했다. 잠시 후 여자는 유리잔에 따뜻한 생강차를 내왔다.

"변변하게 대접할 것이 없어서 죄송해요."

은주가 괜찮다고 했지만 여자는 거듭 사과했다. 여자는 아기가 잠든 것을 확인하고 이부자리에 조심스럽게 눕혔다. 집은 욕실을 제외하고는 따로 방이 없었다. 원룸과 같은 구조지만 평수가 넓은 형태였다. 아기는 칭얼거리더니 여자가 토닥이자 금세 다시 잠에 빠져들었다.

은주는 생강차를 조금씩 마셨다. 두 여자 사이에 침묵이 내려앉았다. 그 침묵이 은주의 숨통을 조여왔다. 당장 이 집에서 벗어나고 싶었다. 그런데 고결은 도대체 언제 돌아오려나. 은주는 조심스럽게 물었다.

"고결 씨는 어디 갔어요? 라이브카페 일 나갈 시간은 아닌 것 같은데요."

여자가 담담하게 대답했다.

"배달하러 갔어요. 아까 톡 보내놨으니까 빨리 들어올 거예요."

은주는 다시 한번 충격을 받았다. 무명이지만 가수인 고결이 왜 배달 일을 하는 것일까. 아기가 태어나 생활비가 부족해진 것일까. 여자는 은주가 누구인지, 왜 찾아왔는지 묻지 않았다. 마치 은주를 알고 있는 듯 행동했다. 머릿속이 몹시 복잡해졌다.

"오빠 이제 노래 안 해요. 라이브카페에 불이 났었는데 그때 얼굴에 화상을 입었거든요."

은주의 시선이 홀린 듯 책상 위에 놓인 가족사진으로 향했다. 사진 속의 고결은 4년 전과 같이 여전히 해사했다. 화상 흉터 같은 건 어디에도 없었다.

"흉터는 포토샵으로 지웠어요. 그리고 자꾸 보다 보면 익숙해져서 별로 안 징그러워요."

여자는 마치 일상적인 이야기를 하듯 담담하게 말

했다. 은주는 망치로 얻어맞은 듯 멍했다. 오지 말았어야 할 곳에 왔다. 이 집에 발을 들여놓아서는 안 되었다. 천신만고 끝에 그리워하던 사람의 흔적을 찾아왔건만 눈앞에 펼쳐진 진실은 잔인했다. 못 견디게 그리웠는데 이제는 그를 만나는 것이 두렵다. 은주는 어떻게 해야 할지 알 수 없었다. 심장이 먹먹해졌다. 눈물이 뺨을 타고 흘러내릴 듯 위태롭게 고여 있었다. 은주는 죽을힘을 다해 울지 않으려 노력했다.

4년 전 부산역에서 은주는 고결과 서울에서 다시 만나기로 약속했었다.

"22일 토요일 저녁 7시 서울역이에요."

서울행 KTX가 출발하려는 순간, 고결은 창밖에서 그 말을 반복했다. 은주는 그가 시야에서 완전히 사라질 때까지 창밖을 응시했다. 주먹을 꼭 쥐었다. 손톱이 살을 파고들어 아팠다.

약속 당일, 은주는 서울역으로 향하는 지하철 안에 있었다. 며칠 전부터 밤잠을 설쳤다. 어떤 옷을 입어야 할지 몰라 몇 번이나 갈아입었다. 거울 속 얼굴은

설렘과 불안, 죄책감으로 얼룩져 있었다. 그때 지함에게서 전화가 왔다.

"보고 싶은데, 어디야?"

그의 다정한 목소리에 은주의 심장이 빠르게 뛰었다. 은주는 어색하게 친구들과 약속이 있다고 둘러댔다. 지함은 평소와 달랐다. 로스쿨에 들어간 후 토요일은 공부했고 데이트는 일요일 하루만 했다. 은주는 불길했다. 혹시 뭔가 눈치챈 건 아닐까 하고.

서울역에 도착했을 때, 은주는 이미 약속 시간에 늦었다. 옷을 바꿔 입느라 시간을 지체한 탓이다. 은주는 고결이 대기실 안을 두리번거리는 것을 보고 재빨리 기둥 뒤에 몸을 숨겼다. 그는 인파 속에서도 유난히 도드라져 보였다. 후광이 비치는 듯 환했다. 한 발짝만 내디디면 만날 수 있었다. 하지만 은주는 나설 수가 없었다. 발이 얼어붙은 듯 움직이지 않았다.

지금 고결을 만나면 지함과는 헤어지고 말리라는 것을 은주는 본능적으로 알았다. 지함 같은 남자는 두 번 다시 못 만날 것이다. 안정적인 미래를 약속하고 평생 사랑해줄 남자는 지함뿐이었다. 은주는 자신이 오랜 시간 공들여 쌓은 것을 스스로 무너뜨릴 수 없었다. 수많은 생각이 머릿속에서 폭풍처럼 휘몰아쳤다. 격렬한 내적 싸움 끝에 은주는 천천히 뒤돌아섰다. 그리고 지함에게 전화를 걸었다.

"오빠, 지금 어디야? 갑자기 모임 취소됐어. 내가 오빠가 있는 곳으로 갈게."

은주는 망설임 없이 지함의 오피스텔로 향했다. 현관문이 열리자마자 그의 품에 뛰어들었다.

"나한텐 오빠뿐이야. 사랑해."

은주는 지함의 품에 안겨 그 말을 반복했다. 반복할수록 고결에 대한 미련은 조금씩 흐려졌다. 밤늦게 집에 돌아온 은주는 서랍에 고이 넣어두었던 고결의 휴대폰 번호가 적힌 홍차 컵홀더로 만든 메모지를 갈기갈기 찢어 변기에 버렸다. 그렇게 은주는 고결과 완벽하게 단절되었다. 오로지 은주의 선택이었다.

잠들었던 아기가 갑자기 자지러지게 울기 시작했다. 조용하던 집 안이 갑자기 어수선해졌다. 여자는 재빨리 아기를 안아 들었다. 이상하게도 아기는 울음을 그칠 줄 몰랐다. 작은 몸이 발갛게 달아오르도록

버둥거렸다. 여자는 어찌할 바를 몰랐다. 등을 토닥여
도 부드럽게 달래봐도 소용없었다.

"왜 이렇게 자지러지게 울어요?"

"배고픈가 봐요. 신경 쓰지 말고 쉬세요."

여자가 아기를 업으려 했다. 그런데 아기가 발버둥
을 치며 온몸으로 거부했다. 아기를 안고 분유를 타기
어려워 보였다.

"괜찮으면 분유 탈 동안 제가 아기를 안고 있을까
요?"

갑작스러운 은주의 제안에 여자는 망설이는 듯했
다. 아기의 울음소리는 점점 더 격렬해졌다. 여자는
그럼 부탁한다면서 은주에게 아기를 건넸다. 은주는
떨리는 손으로 아기를 조심스럽게 건네받았다. 작고
여린 것이 은주의 품에서 발버둥 쳤다. 은주는 능숙
하게 아기를 달랬다. 아인이를 젖먹이 때부터 길렀다.
육아에는 일가견이 있었다. 나지막이 노래를 불렀다.
격렬하게 울던 아기는 언제 그랬냐는 듯 울음을 그쳤
다. 여자는 믿을 수 없다는 듯 그 광경을 바라보았다.
낯선 사람의 품에서 이토록 얌전한 아기의 모습은 처

음이라고 여자가 멋쩍은 미소를 지으며 말했다.

"낯가림이 심한데 이상하네요."

그녀의 목소리에는 놀라움과 함께 알 수 없는 미묘한 감정이 섞여 있었다. 은주 역시 이 상황이 신기했다. 처음 보는 아기였지만 왠지 모르게 친근하고 익숙한 느낌이 들었다. 말로 설명할 수 없는 강한 이끌림이 있었다. 은주는 아기의 작은 등을 부드럽게 쓸어주었다. 따뜻하고 보드라운 감촉이 손끝으로 고스란히 전해져왔다. 고결의 아이를 안고 있으니 기분이 묘했다. 여자가 분유를 타 왔다. 은주는 여자에게 아기를 건넸다. 아기는 허겁지겁 분유를 빨았다.

"아기 이름이 뭐예요?"

여자 얼굴에 희미한 미소가 번졌다.

"재희요. 오빠 어머니 이름에서 따왔어요."

은주는 그 이름을 가만히 입안에서 굴려보았다. 나지막이 속삭이듯 아기의 이름을 불렀다.

"재희야."

그러자 분유를 빨던 아기가 고개를 은주 쪽으로 돌렸다. 말귀를 알아듣는 모양이었다. 아기가 은주의 얼굴을 올려다보며 환하게 웃었다. 천진하고 순수한 미소가 은주의 심장을 깊숙이 파고들었다. 여자가 젖병으로 입술을 살짝 치자 아기는 다시 분유를 빠는 데 집중했다.

2월의 어느 날이었다. 은주는 지함과 함께 평소처럼 데이트를 즐기고 있었다. 저녁을 간단히 먹고 근처 분위기 좋은 카페에서 차를 마셨다. 지함은 은주의 목이 설렁해 보인다며 감기에 들까 걱정했다. 백화점에 들러 봄에 어울리는 스카프를 샀다. 언제나처럼 결제는 지함이 했다. 명품 스카프가 든 예쁜 쇼핑백은 은주가 들었다. 그들은 루프톱 카페로 자리를 옮겼다. 지함이 위스키 두 잔을 주문했다.

"난 무알코올 칵테일 마실래."

은주의 말에 지함의 눈썹이 살짝 올라갔다.

"저번에 위스키 맛있다고 했잖아."

은주는 한참을 망설였다. 입안이 바싹 말랐다. 어떻게 말을 꺼내야 할까. 이 말을 뱉는 순간 모든 것이 변하리라는 예감에 심장이 빠르게 뛰었다. 결국 그녀는 힘겹게 입을 열었다.

"임신했어."

그 한마디를 내뱉는 순간 은주는 죄인이 된 것 같았다. 지함의 얼굴을 똑바로 쳐다볼 수 없었다. 평소처럼 그의 어깨에 머리를 기대지도 못했다. 몸을 잔뜩 웅크렸다. 지함의 당황한 표정, 난감한 침묵이 자신에게 쏟아질 것이 두려웠다. 그런 걸 견딜 자신이 은주에게는 없었다.

지함은 한동안 말이 없었다. 미동도 없었다. 주변의 웅성거리는 소리도 나른한 재즈 선율도 들리지 않는 듯했다. 은주는 그의 숨소리를 들으려고 귀를 기울였다. 그가 돌처럼 굳거나 죽어버린 것은 아닌지 걱정될 정도였다.

침묵을 깬 것은 지함이었다. 그가 은주의 손을 덥석 잡았다. 그의 손은 나무뿌리처럼 억세서 쉽사리 뿌리쳐지지 않았다. 지함은 막무가내로 은주를 끌어당겼다. 그의 품에 안기자 숨 쉬기가 힘들었다 지함이 그 정도로 세게 안았다.

"다음 주말에 같이 병원 가. 회사고 병원이고 걱정

하지 마. 준비는 내가 다 해놓을게."

은주는 그때 지함의 목소리에 슬픔이 배어 있다고 생각했다. 그가 미안해서 온몸을 떨고 있으며 자신의 부주의로 여자친구가 이토록 힘든 일에 휘말리게 된 것을 진심으로 고통스러워한다고 여겼다. 은주는 지함의 선택이 옳았다고 생각했다. 추호도 그의 마음을 의심해본 적 없었다. 그래서 그의 손을 잡고 그가 예약해둔 산부인과로 들어갔다.

임신 중절 수술은 오래 걸리지 않았다. 간단한 수술이라고 했는데 몸이 너무 힘들었다. 값비싼 수액을 맞으며 하룻밤을 병원에서 보냈다. 지함은 밤새워 은주의 곁을 지켰다. 배를 따뜻하게 해줘야 한다며 핫팩을 자주 바꿔주었다. 그때마다 은주는 잠이 깼다. 안 그래도 병원이라 불편한데 잠들 만하면 지함이 옆에서 부스럭대서 잠을 깨웠다. 새벽녘에 짜증을 냈더니 조용해졌다. 그제야 은주는 겨우 잠들 수 있었다.

퇴원하고 일주일 내내 소고기를 먹었다. 입덧을 하는 것처럼 고기 냄새만 맡아도 속이 안 좋았다. 중절수술 후에는 무조건 잘 먹어야 한다는 지함의 성화를 못 이기고 헛구역질하며 한 달 내내 다양한 보양식을 먹으러 끌려다녔다. 그 뒤로 피임을 철저하게 했고 두 번 다시 임신하지 않았다.

시간이 흘러 다른 여자의 임신 사실을 통보하러 지함이 찾아온 날이었다. 그는 자기 할 말만 하고 뒤돌아섰다. 은주는 지함의 뒤통수를 보며 울부짖었다.

"내 자궁에서 숨 쉬던 아이에게는 메스를 갖다 대고 그 애는 낳겠다고. 너란 남자의 선택은 여자의 능력에 따라 달라지지? 넌 그 정도밖에 안 되는 인간이야."

지함이 코웃음을 쳤다. 그의 비웃음이 차가운 비수가 되어 은주의 심장을 꿰뚫었다. 은주에게 지함은 크리스마스 선물을 배달해주는 산타와 같았다. 은주는 다음 해에도 그다음 해에도 끊임없이 크리스마스 선물을 받고 싶었다. 그래서 아무리 힘들어도 지함을 놓지 않았고 울지 않았다.

"웃기지 마. 진짜 아이를 원하지 않은 사람이 누구였는지 곰곰이 생각해봐."

그 말이 거울처럼 은주의 과거를 비췄다. 무의식에 숨겨두었던 끔찍한 기억이 수면으로 떠오르자 은주는 숨통이 막혀왔다. 지함은 결혼해서 아이를 낳는 건 어떻겠냐고 은주에게 물었었다. 로스쿨을 그만두고 입시 학원 강사 자리를 알아보면 바로 자리가 날 것이라며 그녀의 속마음을 떠보려 했다. 지함의 물음에도 은주는 아무 말 하지 않았다. 함구증에 걸린 사람처럼 입을 닫았다. 은주는 혼란스러웠다. 결혼하고 아이를 낳고 싶었지만 지함이 로스쿨을 그만두는 것은 싫었다. 그렇다고 낙태를 하고 싶지도 않았다. 어떤 선택도 할 수 없는 상태였다. 은주는 결국 지함이 이끄는 대로 움직였다. 이 고통스러운 과정 속에서 은주는 결코 순수한 피해자만은 아니었다. 지함 역시 완벽한 가해자만은 아니었던 것이다.

재희는 배부르게 먹고 새근거리며 잠이 들었다. 작은 심장이 규칙적으로 오르락내리락거리는 게 보였다. 여자가 작게 한숨을 내쉬며 입을 열었다.

"조금만 늦게 왔으면 오빠 못 만날 뻔했어요. 우리 다음 주에 이사하거든요."

널브러진 짐들은 이삿짐을 싸놓은 것이었나 보다.

"원래는 해운대에 있는 오빠 원룸에서 같이 살았어요."

은주의 시선이 한쪽 구석에 쓰러진 이젤에 닿았다. 이사를 하면 저것들도 제자리를 찾겠지.

"라이브카페 화재 이후로 오빠가 노래를 못 부르게 되면서 형편이 나빠졌어요. 원룸 보증금도 다 까먹고. 어쩔 수 없이 오빠가 어린 시절 살았던 이곳으로 오게 된 거예요. 워낙 오래 버려진 곳이라 사람이 살기 어려웠지만 어쩌겠어요. 당장 갈 곳이 없잖아요."

여자의 목소리에는 지난 시간의 고단함이 묻어 있었다. 지친 듯 보였지만 이제 곧 이 고통스러운 공간을 벗어날 수 있다는 작은 희망도 엿보였다.

"늦게라도 보증금 구해서 다행이에요."

은주는 진심을 다해 말했다. 진짜 그렇게 생각했기 때문이었디.

"보증금 못 구했어요. 그래서 그냥 지하방을 계약했어요. 진짜 더는 여기서 못 살거든요."

지하라는 단어가 은주의 귓가에 차갑게 박혔다. 이 낡고 기울어진 집보다도 더 낮은 곳, 빛도 한 줌 들지 않는 곳에서 재희를 어떻게 키우려고. 은주의 생각을 읽은 듯 여자가 말을 이었다.

"이런 생각이 들 때도 있어요. 이렇게 무능력한 부모 밑에서 크느니 그냥 보육원에 데려다줄까. 근데요, 그렇게 되면 재희도 나 같아지는 거잖아요."

은주는 고결의 첫사랑이 떠올랐다. 고결이 어렵게 모은 돈을 들고 도망쳤다던 여자. 그 여자가 혹시 이 여자일까.

"혹시 고결 씨하고 같은 보육원에 있었어요?"

은주의 질문에 여자의 얼굴이 일순간 구겨졌다. 눈빛에 당황스러움과 함께 어두운 그림자가 드리웠다. 마치 숨기고 싶었던 과거가 들춰진 듯한 표정이었다. 그녀는 입술을 꾹 다문 채 잠시 망설였다. 재희가 새근새근 숨 쉬는 소리만이 집 안을 채웠다.

"맞아요. 오빠랑 같은 보육원에서 자랐어요. 그리고 제가 그 유명한 쌍년이에요."

여자는 아기가 깨지 않도록 조심스레 자세를 고쳐 앉으며 말을 이었다.

"저도 피해자예요. 연예인 시켜주겠다는 사기꾼에

게 속아서 그랬어요. 연예인이 돼서 많이 벌면 이자까
지 쳐서 갚으려고 했다고요. 오빠 미대 등록금 내주
고, 오빠가 좋아하는 그림만 그리게 생활비도 내가 다
낼 생각이었다고요. 멋진 작업실도 사주고 싶었는데."

여자는 울음을 터트렸다. 자신의 결백을 밝히는 게
세상 무엇보다 중요해 보였다.

"오빠는 처음부터 끝까지 저만 사랑했어요. 그러니
까 만신창이가 된 저를 어떤 원망도 없이 받아준 거예
요. 전 이제 죽을 때까지 오빠한테 잘할 거예요."

은주는 더 이상 그 자리에 앉아 있을 수 없었다. 당
장 이 집을 나가지 않으면 숨이 막혀 죽을 것만 같았
다.

"저 물 한 컵만 마실 수 있을까요?"

여자가 부엌으로 갔다. 은주는 주머니에서 수표가
든 봉투를 꺼내 재빨리 가족사진을 끼워놓은 액자 아
래 놓았다. 재희가 빛 한 줄 들지 않는 지하에서 살게
하고 싶지 않았다. 이 돈으로 이 가족이 조금이라도
더 나은 곳에서 살 수 있기를. 어쩌면 이것은 세상의
빛을 보지 못하고 떠나보낸 자신의 배 속 아이를 위한

마지막 속죄였다. 여자가 보리차를 따뜻하게 데워서 돌아왔다. 은주는 한 번에 물을 들이켰다. 그리고 자리에서 일어났다.

"이제 가봐야겠어요. 나오지 마세요. 재희 잘 돌보시고요. 감사했어요."

여자가 은주를 잡았다. 곧 고결이 돌아올 것이라고 했다. 하지만 은주는 더 이상 이곳에 머물 생각이 없었다.

"기차 시간이 다 됐어요."

은주는 급하게 방을 나왔다. 현관에 놓인 신발을 대충 구겨 신고 마당을 가로질러 걸음을 재촉했다. 등 뒤에서 여자의 다급한 목소리가 들려왔다.

"잠깐만요."

은주가 뒤를 돌아보니 여자가 외투도 걸치지 못한 채 맨발로 뛰어나왔다. 재희가 우는 소리가 바람결에 실려 왔다. 여자가 은주에게 작은 쇼핑백을 건넸다.

"지금 갈 거면 이거 가지고 가요."

쇼핑백 안에는 핸드폰이 들어 있었다. 은주는 당황스러움에 눈을 깜빡였다.

"제가 누군지 알아요?"

"은주 언니잖아요. 그 핸드폰 언니 거예요. 오빠가
언니 주려고 샀거든요."

은주는 도망치듯 그 집을 빠져나왔다. 등 뒤에서 여
자가 애타게 은주의 이름을 불렀지만 그녀는 뒤도 돌
아보지 않고 달렸다. 그녀의 과거와 현재가 한데 뒤엉
켜 그녀를 마구 뒤쫓아 왔다.

지함이 잔뜩 취해 은주를 찾아온 것은 결혼식을 열
흘쯤 남겨뒀을 때였다. 그렇게까지 술에 절어 흐트러
진 모습은 처음 보았다.

"단 한 번이라도 나 사랑한 적 있었어?"

그 질문이 어이없어서 은주는 콧방귀를 뀌었다.

"사랑한 적 있었냐고."

그날처럼 지함이 한심하게 보였던 날이 없었다. 로
펌 대표와 결혼해서 인생 한번 펴보겠다고 배신한 주
제에 어디서 이제 와 사랑 타령인가 싶었다. 은주는
차갑게 지함을 노려보았다.

"공은주, 어디 가서 배신당했다고 말하고 다니지 마

라. 상처받은 건 나야, 나라고. 누군가의 대타로 살아
가는 게 얼마나 고통스러운지 네가 알기나 해."

지함의 말은 칼날이 되어 은주의 심장을 정확히 꿰
뚫었다. 그녀는 아무 말도 할 수 없었다.

부산역 플랫폼은 차가운 바람으로 가득했다. 은주
는 패딩을 단단히 여몄다. 머리 위로는 매서운 칼바람
이 휘몰아쳤고 발끝부터 올라오는 한기는 그녀의 온
몸을 에는 듯했다. 부산에는 좀처럼 눈이 오지 않는다
는데 또다시 눈발이 희미하게 날리기 시작했다. 작고
하얀 눈송이들이 어둠 속에서 흩날리며 플랫폼의 불
빛 아래 반짝였다. 사람들은 눈을 보며 저마다 탄성을
내뱉거나 휴대폰을 꺼내 사진을 찍는 등 들뜬 표정이
었다.

은주는 핸드폰을 멍하니 내려다보았다. 고결의 집
에서 나올 때 받은 그 핸드폰이었다. 편의점에서 충전
한 핸드폰의 전원 버튼을 조심스럽게 눌렀다. 짧은 진
동과 함께 액정에 불이 들어왔다. 통화 기록도 문자메
시지도 그 어떤 사용 흔적도 없었다. 마치 새로 산 기
기처럼 깨끗했다. 영상 하나가 저장되어 있었다. 영상

을 클릭하자마자 흐릿한 화면이 재생되었다. 고결의 원룸이었다. 고결은 핸드폰을 고정해둔 채 그림에 몰두했다. 바람에 흩날리는 긴 머리카락, 살짝 고개를 기울인 채 무언가에 집중하는 여인을 크로키 기법으로 재빨리 그려나갔다. 짧은 선들이 이어지고 형태를 갖춰갈수록 화면 속 여인은 놀랍도록 은주를 닮아갔다. 그림이 완성된 후에야 비로소 깨달았다. 몇 시간 전 고결의 집 짐 더미 사이 이젤에 꽂혀 있던 바로 그 그림이었다.

부산에서 서울로 향하는 마지막 기차가 선로에 들어섰다. 은주는 핸드폰이 든 쇼핑백을 쓰레기통에 버리고 미련 없이 기차에 올랐다. 그녀는 이제 순백의 웨딩드레스를 꿈꾸지 않는다. 왜 그토록 여자들에게 화이트 웨딩드레스를 강요하는가. 순결, 순수와 같은 단어들은 더 이상 결혼에 어울리지 않았다. 너무나 깨끗해서 작은 티 하나만 묻어도 더럽혀지고 마는 것이 결혼이라면 그녀는 차라리 하지 않으리라.

만약 결혼한다면 블랙 웨딩드레스를 입을 것이다. 블랙은 모든 색을 품는 색이다. 어떤 색도 블랙을 더

럽힐 수 없다. 삶의 고통, 상처 그리고 이기적인 욕망까지도 온전히 끌어안는 색이 블랙이다. 티끌 하나 없이 완벽해야 한다는 압박에서 벗어나 자신의 모든 흔적을 품고 더욱 단단하게 빛나는 그런 결혼을 은주는 이 순간 꿈꾸었다.

어둠 속으로 내달리는 기차와 함께 은주는 마침내 자신의 모든 빛깔을 품고 새로운 시작을 향해 나아갔다. 창밖으로 스쳐 지나가는 도시의 불빛이 그녀의 얼굴에 명멸했다. 그 빛과 어둠이 교차하는 순간들 속에서 은주는 더 이상 도망치지 않기로 결심했다. 자신이 선택한 모든 것들의 무게를, 그 결과들을 그리고 그 속에서 피어난 상처와 깨달음까지도 고스란히 안고 살아가리라. 기차는 밤을 가르며 달렸다.

어떤 이야기는 쉽게 말해지지 않는다. 너무 흔해서 대수롭지 않게 여겨지고, 너무 가까운 사이에서 벌어지는 어두운 일이라 차마 입에 올리지 못하며, 너무 오래 참고 견뎌온 탓에 이제는 말할 힘조차 잃어버린 이야기들. 《블랙 웨딩드레스》는 그런 침묵에서 태어났다.

여성이 결혼과 함께 감당하게 되는 것들이 있다. 커리어 단절, 돌봄과 가사노동 전담, 출산과 육아, 외모 변화 그리고 시댁이라는 제도까지. 너무 익숙해져버린 이 불균형이 사랑이라는 이름으로 미화되고 때로는 현실이라는 방패로 정당화된다. 은주는 바로 그 틈에서 태어났다.

칠흑 같은 검은색 드레스를 입고 식장에 들어서는 여자를 자주 상상했다. 블랙은 슬픔만을 의미하지 않는다. 그것은 지적이고 단정하며 때로 가장 용감한 색이기도 하다. 소설 속 블랙 웨딩드레스는 순결이 아닌 선택을, 허영이 아닌 결단을 상징한다.

글을 쓰며 나는 자신에게 자주 물었다. 결혼은 지금도 여자의 미래를 규정짓는 조건이 되는가. 사랑이 현실을 이기는가. 그보다 먼저 우리는 진실을 말할 용기가 있는가. 나는 아직 모르겠다.

은주의 결정이 누군가에게는 비겁해 보일 것이고, 누군가에게는 미련해 보일 것이고, 누군가에게는 현실적으로 느껴질 것이다. 이 질문들에 대한 답은 각자 다를 테지만, 이 책을 덮을 때 당신만의 답을 찾기를 바란다.

2025년 겨울
서경희

블랙 웨딩드레스

초판 1쇄 발행 2025년 12월 30일

지은이   서경희
펴낸이   서경희
펴낸곳   문학정원
디자인   서승연

출판등록 제2021-000346호
전화   070-8065-4766
팩스   070-8015-6863
전자우편 hiheehoo@naver.com
주소   서울특별시 마포구 월드컵북로 400
         5층 출판지식창업보육센터 10호실(상암동, 서울경제진흥원)

ⓒ 서경희, 2025
ISBN   979-11-981024-5-4 (03810)
값   18,000원